四書拾義

周肇祥

四書合纂 內篇下

四書拾義

北京古學院藏板

辛巳之歲
孟秋刊成

四書拾義

北京古學院藏板

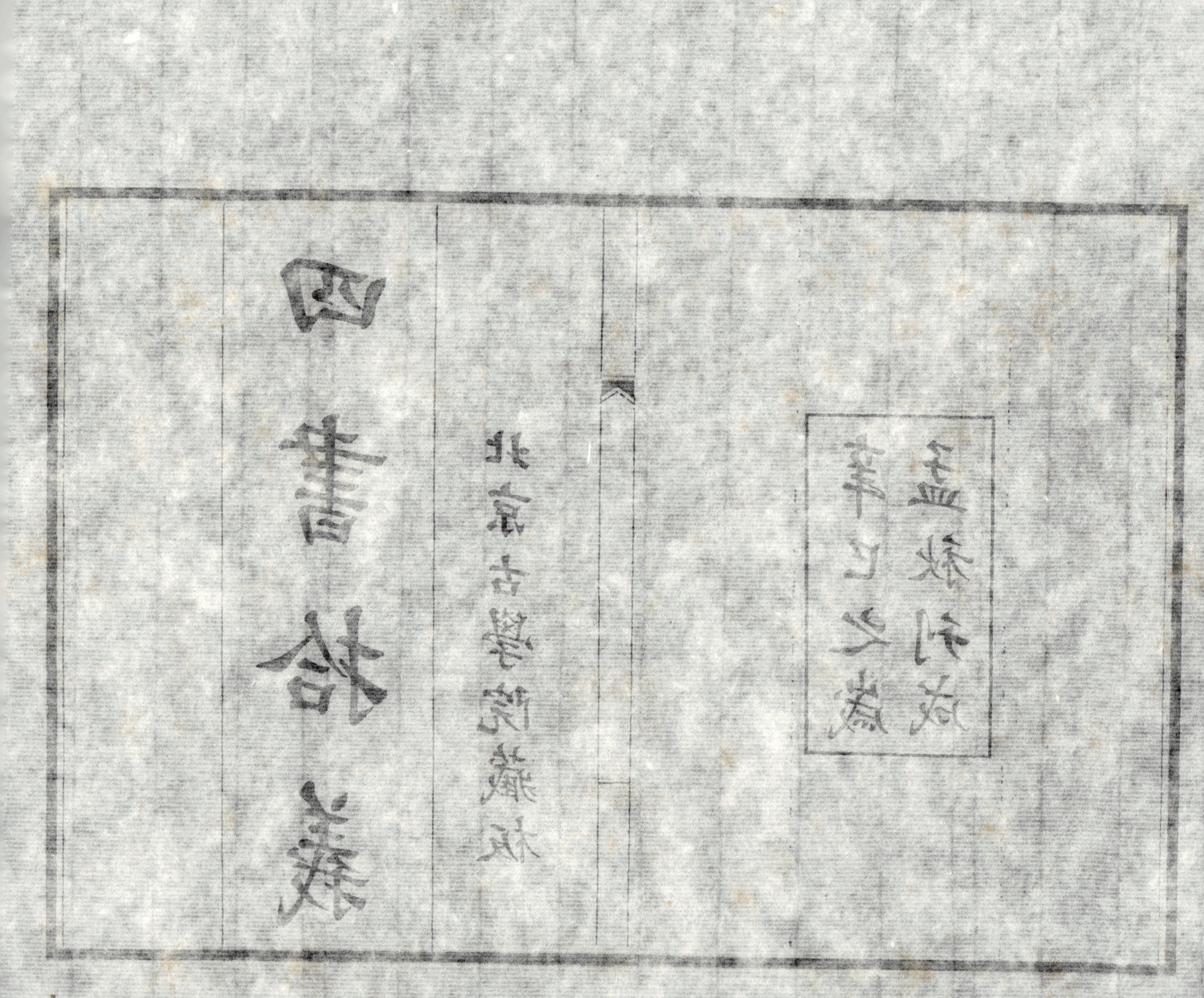

辛巳之歲
孟秋刊成

士之有志於學者莫不以通經爲首務然經義淵深雖通人大儒有終身鑽研不能盡者漢宋分途俱有其是未可偏非元明以來各尊所聞互相推闡而六經之旨發明幾無餘蘊矣近世通儒乃謂三代之文仍當以三代之書證之爾雅者訓詁之圭臬也三百篇者古音之統匯也惠氏定宇錢氏辛楣戴氏東原段先生若膺焦氏理堂今制軍阮公芸臺窺見此旨往往據以釋經至王石臞先生與哲嗣今尚書伯申先生於小學尤爲深邃訓詁以爾雅爲宗參之以說文小爾雅廣雅方言諸書古音以三百篇爲宗益之以先秦兩漢有韵之文箸爲釋詞經義述聞等書其於古人之本音本義借音借義無不瞭然於心口蓋小學明而古訓明古訓明而古義明其於六經之旨幾於六通四闢九達康莊了無窒礙古義之晦蒙者斬然一新吾友績邑胡君文甫亦本此撰成四書拾義若干卷付之剞劂問序於余余竊觀其書即訓詁聲音以晰古今之異義其於漢宋諸儒之說有未安者每即此旁推交通更互演繹而大暢其義又間有心得之旨如雍也可使南面據大戴禮謂爲卿大夫此論似創而實確可使南面雖是假設之言然夫子斷未有使人爲人君者又申申如也引漢書顏師古注申申訓敬方與恭而安互相發明且與下夭夭意義不複又啟予足啟予手謂啟當作啓訓爲省視較注開衾之說實爲直捷且說文啟教也無開字訓訓開則當作启又三年學謂爲三年大比蓋古人爲學九年謂之大成

百又三年學詣篇三千大比蓋古人爲學九年講之人亦激
余之說實爲近世且說文解教也無開字論開一以當作
義不貞又頌于足頌于詁頌當作賦旨合通撰注聞
商古注中甲則敢方與恭而安互相發明其與下天天意

蠡明悠卿大人比論似創而實權可使商而雖是假設之
而大略其說又別有心得之行知辨也可使百面據人數

四闕丸逢康莊了無窒礙古義之晦蒙於斯爲一新矣

傲譜存堂經撰

益之以朱秦兩漢有韵之文聲爲轉詞經義述聞學者其

調今韵書則中先生於小學尤爲深邃訓詁以爾雅爲宗
故今世談說見此旨往往據以釋經主王石臞先生與其
定于後段氏辛楣錢氏東原段先生若焦氏理堂今制軍

備其言明以來各專所聞互相推闡而六經之旨發明殆
人大備於身讀所不能盡者美未今緣俱有其根本可
士之方古法與令其不以通經爲首務欲經義明而

未有三年而遂爲久者三年學而遂求祿乃躁進之人夫子門中不應有是也又寢衣一身有半謂自領至膝爲一身自膝至足爲一身有半此旨前人皆未見及蓋解衣而寢嫌其褻帶裳而寢則不便一身有半合裳與衣之長也又篤信好學據爾雅及後漢書注訓篤爲固此說與中庸擇善固執之義可相參較注厚而力之說爲勝又宗廟之事謂當指朝聘並非祭祀蓋朝聘在廟會同在壇坫既言會同不應獨遺朝聘且章甫非助祭之冠其旨益顯又如其仁如其仁據廣雅訓如爲均言安民息兵均管仲之仁又將爲君子將爲野人引爾雅方言訓爲大有君子大有野人慢其經界引廣雅方言訓爲敗其經界往將食之引荀子訓將爲持徵服過宋引說文訓爲隱行服堯之服引

詩經鄭箋訓服爲事所存者神引爾雅訓爲所在者治夫既或治之謂夫指王驩或爲咸之誤字言王驩皆治之矣以上諸條俱精當不易雖起朱子於九原亦當首肯非若毛氏西河陵氏次仲好爲立異掎摭前人也文甫沈潛好學淡泊世緣一以治經爲務此外仍有論語箋異學庸箋異孟子箋異易經箋異春秋箋異等書皆於訓詁聲音旁通曲證其有功於經義豈淺鮮哉雖然以聲音訓詁釋經王氏之書美矣善矣然釋詞間有未確余願後之治經者仍當以漢宋人之書爲主而參之以古音古訓斯爲無弊若專以此釋經又恐支離破碎舍康莊而入九折矣余甚嘉文甫之能以小學通經使經義益以大明而又懼後人之專以此治經也故書之以質諸來者道光十有四年歲

在閼逢敦牂皋月歙江有誥序

在閼逢敦牂皋月歙江有誥序

序

有明以四子書取士須集注於學宮爲之演繹者未易更僕數然皆隨文敷義其於朱注之是非得失未遑辨正也我朝經學昌明士夫奮筆撰述始能於朱注外推究義理考覈典章若陸清獻之困勉錄閻潛邱之四書釋地江愼修之鄉黨圖考任釣臺之四書約旨皆卓卓可傳實能補朱注所未及然諸書雖稱美善而於小學猶未精詳夫今人古人遠不相及前有聖賢不能親相授受苟非文字亦無以見聖賢之心雖然文字豈易言哉六書之學不明江左以降聲音訓詁多戾於古是古人賴文字以詒後人而後人先不明文字之原影響附會其不至誤讀誤解者幾希吾友胡君文甫讀書治經實事求是其聰足以析聲韵

於毫芒其明足以辨訓詁於疑似四子書無人不讀然能讀者甚尠文甫悉心考索於前人所已言者不多述前人所未言與言之未盡者則爲引伸而補正之其有舊注訓詁未精別立一解仍以爾雅方言說文廣雅諸書爲據而不失之鑿空間遇經文假借字務審其聲韵可通灼然無疑者始正其讀一正其讀而本字之義明本經之義益明讀其書如晤康成叔重法言輩於一堂而與之相說以解可謂有功聖經者矣文甫初爲此書蓋十有餘卷分爲二編曰四書拾義曰四書疑義已乃刪存此本付之剞劂文甫爲人寬厚和平至箸述則不肯苟爲附和舊注有未安者頗能爲先儒諍臣而又非好爲立異也世之健於經學者自知之余不贅道光十四年獻歲發春同里汪澤序

序

論語舊有何氏集解大學中庸舊在禮記有鄭氏注孟子有趙氏注自朱子作論孟集注學庸章句而四子書大義遂以昭顯其中有承用舊注者有駁正舊注者有補舊注所不及者後人好是古非今動執舊注相詰難固屬泥古之過然讀集注章句而不參稽舊說則朱子棄取之意亦無由見夫經義之傳傳於講習之人所謂講習者非徒誦其文已也必將因注以求經意之所在並博考羣書以知注之得失而後經義以明則夫執一卷之書斷斷置辨於經學非無補也族弟紹勳幼愛儒術潛心篤學從余讀書紫陽山房余令讀經先讀注疏宋儒之說次讀近儒各家之說並示以爾雅說文諸書爲識字根源尤宜急讀其時同從余游者有族弟紹煐胡生定暘章生遇鴻葛生英亦皆分習經注一編每於食頃各以疑義相質問流連歲月頗增教學之益後余宦居京師紹勳詒余書謂方爲周易異文疏證春秋異文疏證又謂每日讀書之際遇有與四書相發明者即與四書古注同錄出研究余喜其篤學不懈一如紫陽時及余歸里而紹勳出是書相質則已有成帙矣書內言詞審愼絕無好爲攻擊駁難之習雖采錄舊注而不盡從如論語思而不學則殆據公羊傳何注訓殆爲疑不從舊注疲殆之說孟子所存者神據爾雅訓存爲在神爲治言所在之地無不治不從舊注其化如神之說又如論語與之粟九百朱子不用舊注九百斗之文然第云不可考三年學不至於穀朱子改舊注穀善之訓爲穀

祿而三年未有異詞是書則詳考歷代量器大小之殊定九百爲九百斛據周禮與賢能爲鄉遂官吏之制以三年爲三年大比皆足與集注相發明又論語比及三年之比孟子必慢其經界之慢舊注及集注俱無明詁是書據廣雅訓比爲近而後比及二字有別據方言廣雅訓慢爲敗而後慢字可解吾友長洲陳碩甫見而善之謂其精覈可接武閻氏四書釋地余謂是書雖篇帙無多而能博求之周秦古書與漢魏以來相傳舊詁於音訓假借源流亦自瞭然於胸若由是旁及他經以其所得者盡解舊解之癥結其爲功經學將更有大焉者紹勳其無以是自域也可矣道光癸巳十月培翬序於金陵之鍾山書院

四書拾義略例

一四子書自漢以後作注不一家至宋朱子定爲章句集注擇善而從亦既折衷至當矣即間有誤本前人偶不及檢究不害爲全書學者遵守至今非徒迫於功令實是書能饜天下後世之心思也拙著以考訓詁爲主古人一字能包數義往往文同而義不同此編旁搜訓詁見古義可備一說者特補以存參務使經旨昭然了無窒礙之處非敢好異也

一古經有省文無缺略之文後人注經曲爲斡旋而經旨反失如何事於仁以事爲事事之事必曰何止事於仁然事解爲任而止字不必補矣啟予足啟予手以啟爲開必曰開衾而視然啟讀爲厰而視字不必補矣如其仁如其仁以如爲似必曰誰如其仁然如訓爲均而誰字不必補矣拙著於此類揭出若干條以見注經無煩添設至若言有緩急何有者何難之有也患得者患不能得也緩言曰何難之有曰患不能得急言則曰何有曰難得又非語未完全

一經字多假借集注載明某與某通者無論已他如文獻之獻爲賢借字顛沛必於是之顛沛爲蹎跋借字聚斂之聚爲驟借字而未能也之而爲如借字時其亡之時爲伺借字徼以爲知之徼爲抄借字詩云於戲之戲爲呼借字貪戾之戾爲利借字從容中道之從爲動借字不愧屋漏之屋漏爲幄陋借字不特此也於我心有戚戚焉戚爲踧借字非身之所能爲也爲爲遵借字妻辟

纑辟爲擘借字舉舜而敷治焉敷爲傅借字號泣于閔天于父母于爲呼借字殺三苗於三危殺爲𥻦借字頑夫廉頑爲忨借字自視欲然欲爲坎借字稽大不理於口理爲俚借字山徑之蹊閒徑爲陘借字又從而招之招爲⿺麥召借字破其借字而本字之義自明更有傳寫之訛如可謂云爾爾當作尒短右袂右當作又夫既或治之或當作咸薄夫敦敦當作惇皆當訂正

古字假借取同韵者多取通韵者少取合韵者尤少古韵分部自宋鄭庠以後由漸加詳自歙江晉三先生定爲二十一部極精極密其分配入聲以說文偏旁諧聲及周秦人平入同用之字爲據尤前人所未見及者勤初見二十一部諸聲表因作易文箋異春秋文箋異四書文箋異等書凡說假借悉依二十一部定爲同韵通韵合韵益信古人韵部確有界限也是書亦循其例

四書拾義目錄

四書拾義目錄

四書拾義卷一

績溪胡紹勳學　敬躋堂經解

論語

弟子先生

有事弟子服其勞有酒食先生饌馬注云先生謂父兄勳按禮記曲禮從於先生孔疏云先生師也又云自稱爲弟子者言已自處如弟子則尊師如父兄也據疏說以先生爲父兄本號而通用於師及學士年長者爾雅釋親男子先生爲兄先生之名從此起兄既稱先生父之爲先生不待言矣獨此經先生當指父不當兼兄歟汪君畹腴謂古稱善事父母爲孝善事兄長爲弟未有稱善事兄爲孝者兼以養兄爲孝馬注之說實有未安

特以上文言弟子似弟爲對兄之稱猶子爲對父之稱故懷疑未決勳謂汪君之說極是若以弟子之弟專對兄立論前人雖有此說本不可從即以孔子之言證之如學而篇弟子入則孝出則弟統以孝弟屬弟子明對兄長稱弟子對父母亦稱弟子也弟子本少者之通稱如儀禮大射儀勝者之弟子洗觶注云弟子其少者也鄉飲酒禮階前命弟子俟徹俎注云弟子賓之少者鄉射禮命弟子納射器注云弟子賓黨之年少者也鄉射禮記三耦者使弟子注亦云弟子賓黨之少者也凡古人稱弟子多對長而言雖對兄亦可名弟子要不必以此爲定名也如謂對兄稱弟猶之對父稱子求諸古經文例不稱弟子必變其文曰子弟據孟子梁惠王篇齊

人伐燕章若殺其父兄係累其子弟此子弟乃對父兄之稱但亦不盡然也如公孫丑篇尊賢使能章信能行此五者則鄰國之民仰之若父母矣率其子弟攻其父母則又對父母兼言弟不必此中果有兄也夫對父母既通稱子弟豈對父獨不可稱弟子乎大抵古人同一經文有本義亦有通義以通義言則長者謂兄亦可謂父少者謂弟亦可謂子必以先生爲父弟子爲子而後上承問孝下接爲孝之旨始明與其舍經就注不如舍注就經也

則殆

思而不學則殆孔注云不學而思終卒不得徒使人精神疲殆勳按如孔注義是讀殆爲怠非也殆有疑義襄

五年公羊傳莒將滅之故相與往殆乎晉也何注訓殆爲疑王氏經義述聞云思而不學則事無徵驗疑不能定也又云多聞闕疑多見闕殆殆猶疑也謂所見之事若可疑則闕而不敢行也史記倉公傳臣工取之拙者疑殆殆亦疑也古人自有複語耳

非其鬼

鄭注云人神曰鬼非其祖考而祭之者是諂求福邪疏云左傳曰神不歆非類民不祀非族故非其祖考而祭之者是諂求福也勳按鄭注專指人鬼不兼天神地祇最確蓋云其鬼明是自己祖考與他人無關據禮記祭法王立七廟去墠爲鬼諸侯立五廟去壇爲鬼大夫立三廟去壇爲鬼適士二廟去壇爲鬼官師一廟去王考

爲鬼士庶人無廟死曰鬼鄭彼注云凡鬼者薦而不祭孔疏云薦輕於祭鬼疏於廟故知薦而不祭據鄭孔說言鬼則非祭言祭則非鬼此特對文則然若散文則薦通稱祭祖考亦通稱鬼也他如天子祭天地諸侯祭社稷大夫祭五祀之類皆不得云鬼更不得云其鬼

易

喪與其易也包注云易和易也勳按此謂喪失於和易不如哀戚易與戚相反猶奢與儉相反也如詩何人斯我心易也傳訓易爲說禮記郊特牲示易以敬也注訓易爲和說包注云和易義與和說同在此經爲確詁

獻

文獻不足故也鄭注云獻猶賢也勳按說文獻宗廟犬名羹獻如曲禮犬曰羹獻即其本義是爲宗廟奉犬牲之稱引而伸之凡有所薦進皆可稱獻經籍獻字羹獻外皆用引伸之義若無關本義並無關引伸之義而用獻字者皆借字也古字假借多同韵其次通韵而合韵最少惟文獻之獻當讀爲賢確是合韵假借如文選東京賦必以肆奢爲賢薛注訓賢爲善莊子大宗師獻賢不及排釋文引向注亦訓獻爲善蓋因獻賢連文故以善釋獻若散文則善義與賢義通惟有通聲者乃有通義也據素問解精微論有賢不肖注云賢謂心明智達周書謚法聰明叡哲曰獻此亦借獻爲賢一證又據文選景福殿賦注引孟子劉注云獻猶軒正與獻猶賢文法一例彼以獻爲軒之借字猶此以獻爲賢之借字也

汪君手存云澤按獻與賢通而獻要自有本義故鄭不徑曰賢也而曰猶賢此正示人六書叚借之理破義而無煩破讀尙書黎獻民獻僞孔直訓爲賢則獻之本義晦而六書叚借之理亦晦

鄹人

孰謂鄹人之子知禮乎孔注云鄹孔子父叔梁紇所治邑據說文鄹魯下邑孔子之鄉段氏注云孔子世家言鄹人輓父檀弓言鄹曼父鄭注言鄹叔梁紇葢孔子之父魯人以鄹人紇呼之如周禮之鄉以州名野以邑名非鄹爲所治邑也論語云鄹人之子者孔子弟子爲師諱紇字也鄹大夫之文始見於王肅私定家語而孔氏論語注乃肅輩僞托者勳按左傳襄十年鄹人紇疏云

公邑大夫皆以邑名冠之呼爲某人成二年傳衛新築人仲叔于奚注云守新築大夫昭二十一年傳宋廚人濮注云廚邑大夫是邑大夫通呼爲人也又文十五年傳卞人以告注云魯卞邑大夫則大夫之稱人者非一昭四年傳有縣人顧氏棟高疑爲諸侯縣大夫亦大夫稱人一證鄹人之稱正與廚人卞人新築人文法一例左傳疏以爲公邑大夫當得其實

顚沛

顚沛必於是馬注云顚沛僵仆勳按說文訓顚爲頂訓沛爲水出遼東番汗塞外此本義也馬訓顚沛爲僵仆蓋謂顚沛爲蹎跋之借字跋亦借沛者猶孟子凡言沛然皆借沛然爲勃然也據說文蹎跋也跋蹎跋也古音

顚蹎皆从眞聲據江晉三先生二十一部諧聲表市聲與攴聲同在祭部如詩蕩顚沛之揭傳云顚仆也沛拔也漢書敘傳上履顚沛之埶注云顚沛僵仆也此皆借顚沛爲蹎跋字異而義同

勞而不怨

邢疏云勞而不怨者父母使已以勞辱之事已當盡力服其勤不得怨父母也王氏經義述聞云勞憂也高誘注淮南精神篇曰勞憂也凡詩言實勞我心勞心忉忉勞心慱慱勞人草草之類皆謂憂也論語勞而不怨承上見志不從而言亦謂憂而不怨也曲禮曰三諫而不聽則號泣而隨之可謂憂矣皇侃疏引內則撻之流血不敢疾怨以爲證按撻之流血非勞之謂也邢昺疏曰

父母使已以勞辱之事已當盡力服其勤不得怨父母則又與上文幾諫之事無涉胥失之矣孟子萬章篇曰父母愛之喜而不忘父母惡之勞而不怨勞與喜相對亦謂憂而不怨也動按勞之爲憂經傳常訓淮南氾論以勞天下之民注亦訓勞爲憂漢書谷永傳集注同以上諸條皆可爲此經的證

事君數

孔注云數爲速數之數動按爾雅釋詁訓數爲疾速亦訓爲疾數者疾諫也事君者君有過則諫其始猶不甚疾至君不聽而諫君之心彌迫於是有憤迅之詞激切之語冀君之一悟也不知君既不聽早厭臣言矣而猶愈諫愈疾君必不堪是自取辱也又數卽驟義如廣雅

釋詁三小爾雅廣言皆訓驟爲數左傳宣三年驟諫驟注楚辭悲回風驟諫君而不聽兮注並云驟數也驟諫未有不取辱者朋友數亦然

口給

禦人以口給孔注云佞人口辭捷給皇侃疏云給捷也動按禮記仲尼燕居恭而不中禮謂之給疏云給謂捷給漢書東方朔傳集注亦訓給爲捷給又爲速荀子性惡篇齊言便敏而無類注云給謂應之速如供給者也又爲急荀子非十二子篇齊給便利而不順禮義注云給急也皆與捷義相近大戴禮保傅篇接給善對注云接給謂應所問而對也即荀子注所謂應之速如供給者也若佞人之禦人亦若是而已矣

糞土

糞土之牆舊注無訓俗解又不可從蓋古人謂除穢曰糞糞篆文作𡊄說文𡊄棄除也从廾推𠦒糞采也段氏注云棄亦糞之誤亦復舉字之未刪者糞方是除非棄也動按昭三年左傳云小人糞除先人之敝廬是除穢謂糞所除之穢亦謂糞據篆文𡊄从廾推𠦒許氏解𠦒字云𠦒箕屬所以推糞之器也糞各本作弃今依篇韵訂正以是知糞爲所除之穢引伸其義凡穢物皆可云糞也此經糞土猶言穢土古人牆本築土而成歷久不免生穢今人欲塗舊牆必先洗滌光潔而後加灰方能黏合正猶白可受采非白即采亦不能受也故曰不可杇至許氏糞字下既解本義復引官溥說云佀米而非

米者矢字此許氏說文序所謂博採通人聊備一說耳說文艸部解𦳊為糞矢即𦳊之借字徧考諸經糞字未有指𦳊言者訓糞為𦳊秦漢以後則然未可以解論語

南面

雍也可使南面包注云可使南面者言任諸侯治勳按南面者以尊臨卑之位天子臨諸侯稱南面如論語衛靈公篇恭己正南面是也諸侯臨羣臣稱南面如儀禮士相見禮凡燕見于君必辯君之南面是也推之卿大夫臨衆職亦可稱南面如大戴禮子張問入官篇君子南面臨官是也雍也可使南面當指卿大夫之位而言不必任諸侯治

九百

與之粟九百九百斗勳按史記孔子世家孔子居魯奉粟六萬索隱云當是六萬斗正義云六萬小斗當今二千石也據此知孔子時三斗當唐時一斗宋沈括筆談云予受詔考鍾律及鑄渾儀求秦漢以來度量計六斗當今之一斗七升九合是宋斗又大於唐斗元史言世祖取江南命輸粟者止用宋斗斛以宋一石當今七斗是元斗又大於宋斗然則周時九百斗合元時僅得一百八十九斗也江氏羣經補義云古者百畝當今二十三畝四分三釐有奇就整為二十三畝半今稻田自佃一畝約收穀二石四斗二十三畝半收穀五十六石四斗折半為米二十八石二斗人一歲約食米三石六斗可食八人如糞多力勤可多食一人正與

古合據江氏說古農夫百畝合今斗且得米二百八十二斗如孔注以九百爲九百斗止合元斗一百八十九斗反不及農夫所收之數原思何又嫌多而辭之集注云九百不言其量不可考蓋不從孔說也或謂九百爲九百石則又不若是多石本五權之名至周末時用以計粟如漢書食貨志云今一夫挾五口治田百畝歲收畝一石半爲百五十石除十一之稅十五石餘百三十五石此皆粟以石權而春秋以前未有此制古制計粟以五量量莫大於斛十斗爲一斛粟多至九百必以量之最大者計之則九百當爲九百斛何以知爲九百斛也當時孔子爲魯小司寇卿下大夫其家宰可用上士爲之孟子曰上士倍中士當得四百畝之粟又曰卿以

下必有圭田圭田五十畝明士亦有五十畝圭田以五十畝合四百畝爲四百五十畝以漢制畝收粟一石半計之當得六百七十五石若以石合斛一石爲百二十斤古無大斗一斛粟不足百斤二斛約重一石有半是百畝收百五十石合得二百斛四百畝爲八百斛加圭田五十畝爲一百斛共得九百斛矣雖經文不言其量而其量可因數以推也

從政

可使從政也與謂可使執國政否也左傳襄三十年從政一年言子產執政一年也定元年傳晉之從政者新言范獻子新執政也又云吾欲與之從政言欲與子家子共執政也是時季桓子執政不欲盡假其權於人豈

康子獨能任由求賜乎曰可使從政亦泛問三子之才非欲使三子從政也

何事於仁

疏云言君能博施濟衆何止事於仁動按疏解何事於仁補一止字增成其義非也此經當訓事爲任如荀子性惡篇不可事注云事任也正名篇不事而自然謂之性注云事任使也廣韵事又作倳周禮大宰注云任猶倳也何事於仁謂仁者不能任博濟之責何得以此任之仁者正與必也語氣相應

其猶病諸

堯舜其猶病諸孔注云病猶難也動按孔注訓病爲難深得古義廣雅釋詁同足證漢人相承古義本如此堯

舜其猶病謂堯舜其猶難也

申申

申申如也馬注云申申天天和舒之貌動按漢書萬石君傳子孫勝冠者在側雖燕必冠申申如也師古注云申申整勅之貌此經記者先言申申後言天天猶鄉黨先言踧踖後言與與也申申言其敬天天言其和合二句恰得恭而安氣象馬注申申亦訓和舒失之矣

疏食

飯疏食孔注云疏食菜食動按經傳言疏食有三義一謂麤食如詩召閔彼疏斯粺箋云疏麤也謂糲米也禮記玉藻主人辭以疏儀禮喪服傳食疏食注皆訓疏爲麤是也二謂稉食稉爲稻之不黏者如家語終記篇含

以蔬米三具注云蔬稉米禮記稻曰嘉蔬是也三謂菜食如禮記月令有能取蔬食注云草木之實爲蔬食淮南主術篇秋畜蔬食注云菜蔬曰蔬是也蓋以穀論惟稉稱蔬以米論凡糲米皆稱蔬又不專指稉而其爲米食則同獨菜食與二者異此經孔注訓爲菜食特蔬食一義近儒或謂玉藻稷食亦蔬食其說未確家竹村師云論語云雖蔬食必祭詳其文義當謂食之麤者若是稷則公食大夫禮以爲正饌本屬當祭無庸特言必祭矣公食大夫禮正饌設黍稷加饌設稻粱古人每以稻粱重於黍稷玉藻子卯稷食當是君常膳用稻粱子卯日變用稷耳

暴虎

暴虎之文兩見詩經一見論語爾雅釋訓云暴虎徒搏也是以搏訓暴據經傳暴字有三義說文分爲三篆一作暴晞也一作㬥疾有所趣也一作虣虐也急也三字音同義別虣字僅見周禮他典皆從隸書作暴併三字爲一字故一字可包三義皆與暴虎之義無關爾雅以搏釋暴當是古訓相承有此一義詳考訓詁之書惟廣雅釋詁解擈爲擊與爾雅義合但暴字加手旁不見正典亦不見說文僅見文選西京賦流鏑擂擈用擈字非古字也同里周君志甫云擈疑是俗字說文日部㬥字从日从出从廾从米取兩手出米曬日之意夲部㬥字从日出夲廾之據此則暴㬥二字中間既已从廾廾卽手也以古人製字體例推之則暴字偏旁似不得更加

手字方合六書之旨若然之加火奉之添手皆俗書譌舛不可爲訓動按廾篆體作𠬞說文訓爲竦手謂竦其兩手也亦从兩手作𢪏說本楊雄然則㬥字中體正从兩手擊義已在其中不待加手旁而後訓擊志甫之說是也

文莫

文莫吾猶人也孔注云莫無也文無者猶俗言文不也文不吾猶人者凡言文皆不勝於人動按訓莫爲無不合經旨據詩皇矣求民之莫鄭箋云求民之定是訓莫爲定貊其德音釋文引韓詩貊作莫亦云莫定也莫吾猶人若云定吾猶人也文字不與莫字連讀

啟予足啟予手

鄭注訓啟爲開謂使弟子開衾而視之動按說文启開也啟教也自俗書譌舛用啟爲启而啟字廢此經論衡四諱篇引作開予足開予手文不成義必待注補出衾字視字恐古人文義不若是曲折蓋啟當讀爲䀈說文䀈省視也啟予手足謂省視予手足也自經傳通用啟字而䀈字僅存說文矣

云爾

則可謂云爾已矣邢疏以如此釋云爾動按爾當作尒說文尒詞之必然也經傳尒字後人皆改作爾仍訓如此又有單訓此者如孟子然而無乎爾則亦有乎爾是也如邢疏似訓爾爲此訓云爲如云爲如古無是訓否則訓爾爲如此而云字又爲贅文矣據廣雅釋詁一訓

云爲有正此經確詁云爾卽有此之詞若孟子是何足與言仁義也云爾趙注以爲云爾絶語之辭爾當讀如字與論語異薄乎云爾亦然

不校

犯而不校包注云校報也言見侵犯不報勳按小爾雅廣言亦訓校爲報集注訓校爲計校讀與較同

三年學

三年學不至於穀集注云爲學之久而不求祿勳按古人亦有以三年爲久者如三年爲禮三年不爲樂去三年不返是也若學動以數十年計何限三年三年不求祿夫人能之何以不易得竊謂此經主三年大比立論周禮鄉大夫職三年則大比攷其德行道藝而興賢

者能者又使民興賢出使長之使民興能入使治之州長職三年大比則大攷州里遂大夫職三歲大比則帥其吏而興甿據此知古者三年賓興出使長入使治皆用爲鄉遂之吏可以得祿此三年定期也若有不願小成則由司徒升國學王制命鄉論秀士升之司徒曰選士司徒論選士之秀者而升之學曰俊士升於司徒者不征於鄉升於學者不征於司徒曰造士大樂正論造士之秀者以告於王而升諸司馬曰進士司馬辨論官材論進士之賢者以告於王而定其論論定然後官之任官然後爵之位定然後祿之此爲王朝之官而當鄉遂大比志不及此蓋庶人仕進有二道可爲選士者司徒試用之可爲進士者司馬論定之司徒升之國學其

選舉與國子同小成七年大成九年如學記比年入學中年考校一年視離經辨志三年視敬業樂羣五年視博習親師七年視論學取友謂之小成九年知類通達强立而不反謂之大成若侯國取士亦三年一行射義諸侯歲獻貢士於天子注云三歲而貢士據此知侯國亦三年一取士也古人之學爲己不爲人謀道不謀食純儒之學往往有之後人躁於仕進志在干祿鮮有不安小成者故曰不易得

篤信

篤信好學篤當訓固爾雅釋詁篤固也後漢班彪傳注訓遵爾雅此經篤信謂信之固也如子張篇信道不篤卽信道不固中庸擇善而固執之者也下文卽云篤行之篤行卽固執亦其一證

悾悾

悾悾而不信包注云悾悾慤也宜可信正義云謹慤之人宜信而乃不信此等之人皆與常度反動按此經鄭注訓悾悾爲誠慤後漢劉瑜傳注亦云悾悾誠慤之貌皆與包注合廣雅釋訓悾悾與慤慤同訓誠則悾悾之爲誠慤古訓相承如此悾悾而不信乃氣習使然非本性也

喟然

顏淵喟然歎曰孔注云喟歎聲動按說文訓喟爲大息此主鼻息言謂大呼也歎與嘆異說文訓歎爲吟訓嘆爲吞嘆有喜憂之分又嘆字下云一曰大息也是吞嘆

之嘆與喟同但散文則通對文則異此經喟與歎並言喟謂大息歎爲吟喟則有聲無辭歎則辭與聲俱出孔注以喟爲歎聲尙未明了

四十五十而無聞焉

邢疏云言年少時不能積學成德至於四十五十而令名無聞雖欲强學終無成德動按如疏說似與陽貨篇年四十而見惡焉文義畧同不知彼言見惡甚於無聞敵不待五十已知其終於見惡也此經專論爲學學之成不成皆定於四十五十內則云四十始仕言學成也即或未成四十以後猶當親學庶幾進十年之學而有聞尙足畏也乃四十不成五十又不成學不成不能聞道故曰四十五十而無聞焉人至五十爲老年是以養老自五十始曲禮云五十曰艾王制云五十始衰縱能加功進境有限况王制又云六十不親學五十無聞更無望於六十矣據內則二十博學不教三十博學無方學至有踰早則定於四十以前遲則定於五十以前斷不定於五十以後因直決之曰斯亦不足畏也已中人之學大畧如斯若聖賢耄而好學日進無疆不在此例

繹之爲貴

方言懌改也郭璞注引論語悅而不繹作不懌動按懌繹古通用如詩板辭之繹矣泮水徒御無繹那莫不夷繹釋文並云繹本作懌又頍弁庶幾說懌釋文云懌本作繹據爾雅釋詁訓懌爲樂則懌義與悅義畧同既言悅不當言不繹悅而不繹繹爲本字懌爲借字廣雅

釋詁三訓懌爲更與方言訓懌爲改合方言廣雅之懌皆繹之借字禮記射義射者各繹己之志也能繹己志即能改矣方言訓懌爲改以此

必復命

賓退必復命曰賓不顧矣鄭注云復命白君賓已去矣動按聘禮賓出公再拜送賓不顧賓不顧句係記者序事之辭非擯者復命之辭依禮文本無復命一節乃聘禮注云公既拜客趨辟君命上擯送賓出反告賓不顧於此君可以反路寢矣此鄭氏補出上擯復命一層實本鄉黨而爲是說蓋送賓賓有顧者亦有不顧者顧者爲敵體之賓不顧者爲降體之賓周禮秋官司儀載諸公相爲賓及出車送三請三進再拜賓三還三辭告辟

三辭者三顧而辭也告辟者不復顧而去也賓必有顧者賓出門主人亦送出門恐主人遠送賓因顧而辭之也若大夫來聘與主人有君臣之分主君送而或顧則嫌於以客禮自居何若不顧之爲得體乎賓既出主君亦知其不顧但不因其不顧遽反路寢必少待之及賓去稍遠然後退是時賓已不顧可不復命孔子必復命者使君知賓已去遠可反路寢此亡於禮者之爲禮也

攝齊

攝齊升堂齊爲衣之下縫動按禮記玉藻足如履齊正義云身折則裳前下緝委地故行則足恆如踐履裳下也據上文言凡侍於君紳垂自在升堂以後雖如履齊而不必攝玉藻又云圈豚行不舉足齊如流席上亦然

此亦論平地徐趨法身雖俯折則齊委地曳足但如水之流蓋足不舉不至踐齊亦不必攝攝齊惟升席與升堂曲禮云摳衣趨隅言升席也疏云衣裳也謂衣之下縫卽裳之下緝摳衣者升堂便於行猶升席便於坐也曲禮又云將卽席兩手摳衣去齊尺然則集注卽以升席法解升堂也

短右袂

褻裘長短右袂孔注云短右袂便作事集注因之後儒並無異議蓋以經文之右明是對左而言故終不能易乎便作事之說然兩袂左長右短制近詭異夫子而外不聞他人有此衣亦未見他人不便作事據說文口部右助也从又口又部亦有右字解義畧同古有右字無

佑字今人復製佑字因以右爲右手之右而不知右手之右古止作又猶左手之左古止作𠂇也言又可兼𠂇說文又手也象形單言手不言右手者明又爲兩手之統辭不分𠂇又卽以又部他字證之如秉禾束也从手持禾手之持禾不分𠂇又矣叔拾也从又尗聲汝南名收芌爲叔手之收芌不分𠂇又矣取捕取也从又耳周禮獲者取左耳手之捕取更不分𠂇又矣又部後次以𠂇部𠂇左手也左卽今之佐字左部云𠂇手相左也以手助手之謂左有𠂇手而又手不孤又與𠂇對文則又專爲右𠂇專爲左如有司徹主人西面左手執几縮之以右袂推拂几三此右袂專謂右手之袂是也若散文𠂇不可包右又獨可包左竊意右袂之右當讀爲又自

又轉爲更然之詞而又字之本義遂晦右本從又聲右袂之右卽又之同音借字與有司徹右讀如字者異經籍往往同一文在此爲正字在彼爲借字如同一云爾也在孟子薄乎云爾爾讀如字在論語可謂云爾則當讀爲介今訓手之又不見正典以後世通用右而又之本義廢猶訓此之介不見正典以後世通用爾而介之本義廢也袂獨短者或較禮服之褻稍短或因褻裘之長而適形其短孔注泥於右字立說遂使後人疑夫子衣不中度故詳辨之

一身有半

必有寢衣長一身有半孔注云今之被也動按說文亦訓被爲寢衣名與孔注合然被取被覆之義古人衣亦

稱被孔注云今之被別乎古之被而言也後世所謂被布用正幅成長方形與衣製絕異若果寢衣是被則人皆有之不必爲夫子記且曰衣則必有袂曰寢衣則必服之而寢矣寢衣宜長惟一身有半之制實從來注家所未明集注云其半蓋以覆足疑而未決之詞也近人又謂長讀如長短之長言衣但當一身之半耳不知古人衣服必中度聖人因事合宜卽不盡拘古制亦斷無不近人情之制一身又半何其長一身之半何其短無論一身又半古人無此異服卽一身之半如後世之短衣亦古人所未有也古人衣下必有裳雖下有裳而衣之長亦各有度若明衣長必下厀如士喪禮記云明衣裳用幕布袂屬幅長下膝注云長下膝又有裳於蔽下

體深也此經依程子當在齊必有明衣之下竊謂有半即準明衣之長而加其半不另爲裳如今中人計今尺自領至膝下約二尺五六寸自膝下至足跗約一尺二三寸以一尺五六寸加一尺二三寸即爲一身有半矣中人一身之長約八尺明衣雖蔽他衣加長亦僅下膝而止而此下膝之衣即爲一身之衣以一身之衣長不過足故也惟寢衣更加一半之長不但長下膝且至足跗深衣云長無被土恐汚辱也若寢衣之長無患被土雖至足跗可也齊主於敬寢必有衣亦明潔其體之義故長宜至足跗凡跗在內者不殊裳亦無緣而寢衣或亦如深衣衣裳相連特較深衣而加長者與

無量

惟酒無量集解量字無訓據周禮酒正凡祭祀以灋共五齊三酒以實八尊大祭三貳中祭再貳小祭壹貳皆有酌數惟齊酒不貳皆有器量疏云器謂酌齊酒注於尊中量謂皆有多少之數又凡饗士庶子饗耆老孤子皆共其酒無酌數注云要以醉爲度勳按量謂器量多少之酌數無酌數猶旅酬中無算爵盡歡而止酌酒以升斗計故言量無量者隨所能飲不限爵數詩所云不醉無歸燕禮所云君曰無不醉賓及卿大夫皆興對曰諾敢不醉是也飲酒正禮自有爵數禮記三爵而油油以退左傳臣侍君燕過三爵非禮也此無慮其亂也惟無量則易亂無量而不及亂亦衆人之所難

君祭先飯

侍食於君君祭先飯鄭注云於君祭則先飯矣若爲君嘗食然邢疏云曲禮云主人延客祭注云祭祭先祖也君子有事不忘本也君子不忘本者有德必酬之故得食而種種出少許置在豆間之地以報先代造食之人也若敵客則得先自祭降等之客則後祭若臣侍君而賜之食則不祭若賜食而君以客禮待之則得祭雖得祭又先須君命之祭後乃敢祭也此言君祭先飯則是非客之禮也故不祭而先飯若爲君嘗食然也勳按疏云若賜食而君以客禮待之則得祭雖得祭又先須君命之祭後乃敢祭也者如禮記玉藻云若賜之食而君客之則命之祭然後祭先飯辯嘗羞飲而俟是也疏云若臣侍君而賜之食則不祭者如儀禮士相見禮云若

君賜之食則君祭先飯徧嘗膳飲而俟是也據玉藻言君客之又言命之祭然後祭則君祭而臣亦祭可知士相見禮不言君客之又不言命之祭然後祭則君祭而臣不祭可知常禮客禮同有先飯之儀惟祭與不祭特異士相見禮疏謂此節玉藻云若賜之食而君客之則命之祭然後祭但此文不云客之命之祭然後祭文不具也此說非是鄉黨君祭先飯亦非客禮仍以邢疏之說爲長

四書拾義卷一終

四書拾義卷二　　　　　　敬躋堂經解

績溪胡紹勳文甫學

昆弟之言

人不閒於其父母昆弟之言陳注云言子騫上事父母下順兄弟動靜盡善故人不得有非閒之言勳按後漢書范升奏記王邑曰升聞子以不閒於其父母爲孝注云言子騫之孝化其父母兄弟據此說又與陳注異玩經文首句專言孝則友兄弟意當於言外見之昆弟之言亦止稱孝耳父母稱孝昆弟亦稱孝推之人無不信服而稱孝如此說方與首句義合

聚斂

而求也爲之聚斂而附益之孔注云冉求爲季氏宰爲

之急賦稅正義云時冉求爲季氏家宰又爲之急賦稅聚斂財物而陪附助益季氏也勳按疏說不得注義注釋斂爲賦稅即以急字釋聚字據爾雅釋詁訓斂爲聚聚與斂字異義同孔氏非謂聚有急義蓋謂聚即驟之省文借字也說文訓驟爲馬疾行引伸其義凡言疾皆可云驟如一切經音義九引國語賈注云驟急也疾與急同義故素問氣交變大論其變驟注注以爲驟雨急注聚與驟古字通用如周官獸醫注云節趨聚之節也趨聚即趨驟釋文亦云聚本作驟可證此經驟爲本字聚爲借字孔氏知其字聚而義驟因以急字解之不明破字而隱正其讀正見漢人注義之精邢氏未知孔氏以急字釋聚字即以釋驟字而於急賦稅下復以聚斂

財物一語足之一若注中急字爲贅文則注義反因疏說而晦不然以聚斂爲複語斂即聚也聚斂亦國家常事即求爲季氏聚斂亦家臣職任繭絲所當爲夫子何以罪求且使小子鳴鼓以聲其罪乎竊意求爲季氏理財雖不至於橫征亦不能遵先王緩征之法値窮迫而急賦稅猶可言也以季氏富過周公復以賦稅爲急則其罪無可辭矣聚斂即驟斂大學聚斂之臣倣此若周禮天官九職八曰臣妾聚斂疏材聚斂主疏材言皆取收藏之義聚亦當讀如字不與論語同古人文同義異者所在皆有苟不拘文牽義彼此俱通若孟子離婁篇求也爲季氏宰無能改於其德而賦粟倍他日彼專指季氏用田賦而言春秋哀十二年春王正月用田賦杜

氏哀十一年傳注以爲丘賦之法因其田財通出馬一匹牛三頭今欲別其田及家財各爲一賦故言田賦據此即賦粟倍他日的證乃季氏自爲之與冉求何涉若趙注謂孔子以冉求不能改季氏使從善爲之多斂賦粟故欲使弟子鳴鼓以聲其罪而攻伐責讓之竟以賦粟倍他日坐罪冉求牽合論語聚斂爲一事不知論語云爲之聚斂明是冉求爲之與孟子賦粟倍他日出自季氏者不同蓋敘事互有詳畧孟子責冉求在無能改於其德論語責冉求在爲之聚斂惟賦粟倍他日所以富於周公一言富於周公而賦粟倍他日不待言矣而求又爲之急賦稅故深疾之皇氏論語義疏引繆協云季氏不能納諫故求也莫能匡救致譏於求所以深疾

季也此又牽合孟子而爲之說皆與經旨不合

喭

由也喭鄭注云子路之行失於畔喭疏云舊注作呚喭字書呚喭失容也言子路性行剛强常呚喭失於禮容也今本呚作畔動按舊注卽皇侃義疏所據之鄭注鄭注喭爲呚喭王弼訓爲剛猛皆失容之意尙書無逸篇乃逸乃諺傳云叛諺不恭疏引由也喭亦作諺此由衛包改經文後而傳疏中喭字盡依經文作諺矣而僞孔所據經文本作喭呚喭不恭之義正與鄭王二注互相發明子路之喭確指失容而言與粗俗者迥別

比及

由也爲之比及三年比字集解無訓皇疏訓比爲至動

按訓比爲至仍與及字義畧同非也比之本義說文訓密引而伸之亦有近義如廣雅釋詁三訓比爲近而左傳文十八年是與北周注禮記經解屬辭比事疏史記天官書危東六星兩兩相比正義及漢書地理志下集注齊悼惠王肥傳集注汲黯傳集注公孫宏傳集注西域傳上集注西域傳下集注皆與廣雅合據春秋時勢民可卽戎必須善人七年之教謀生聚者亦或遠待十年考績限以三年特舉期之近者而論比及三年可使有勇謂報最無俟遠年卽近及三年而治效已彰也下節倣此

知方

且知方也何注云方義方也動按古人謂義爲方如易

坤文言方其義也隱三年左傳教之以義方義者一定不易猶物之方者置諸地而不可移動故義亦稱方廣雅釋詁二云方義也易繫辭下傳而揆其方疏訓方爲義與廣雅合閔二年左傳授方注云方百事之宜也亦主義言

六七十五六十

方六七十如五六十勳按據王制孟子周制大國地方百里次國地方七十里小國地方五十里並無方六十里之制自東遷後列國紛爭七十里五十里諸國或見侵削而未甚或始兼幷而不多則六十里之國出矣求性謙退不敢輕言方百里之國故降言六七十又降言五六十言六十者特帶言之上句言六十或七十有被

侵削止存六十之數者封時本七十卽以六十作七十觀可也下句言六十或五十有所兼幷適滿六十之數者封時本五十卽以六十作五十觀可也廣雅釋言訓與爲如如五五六十謂與五六十也下經如會同亦然

宗廟之事

鄭注云宗廟之事謂祭祀也勳按宗廟之事祭祀在其中獨此經不得指祭祀宜主朝聘而言下言如會同者會同不在廟而在壇舉宗廟不言朝聘舉會同不言壇坫皆互文見義如不見宗廟之美百官之富言宗廟可該禮器言百官可該朝廷也其二云願爲小相卽指擯相之相據邢疏云秋官司儀云掌九儀之賓客擯相之禮以詔儀容辭令揖讓之節注云出接賓曰擯入贊禮曰

相又曰凡諸公相爲賓及將幣交擯三辭車逆拜辱賓車進答拜三揖三讓每門止一相注云相爲主君擯者及賓之介也聘禮云卿爲上擯大夫爲承擯士爲紹擯玉藻云君入門介拂闑大夫中棖與闑之間士介拂棖則卿爲上介大夫爲次介士爲末介也此云願爲小相謙不敢爲上擯上介之卿願爲承擯紹擯次介末介之大夫士皆朝聘之相非祭祀之相也以赤素嫺擯相之儀善辭令束帶立朝與言可使其見許於夫子亦在應對賓客之閒赤之願爲小相或相諸侯在廟行朝聘禮則爲上擯之卿或相諸侯在壇行會同禮則爲上介之卿惟卿得爲上擯上介惟上擯上介得爲相相本不小故云赤也爲之小孰能爲之大此因爲相而知宗廟之事爲祭祀也更以端章甫證之鄭注云端元端也衣元端冠章甫諸侯日視朝之服者其衣正幅染之元色故曰元端勳按據儀禮士冠禮緇布冠元端元裳黃裳雜裳可也鄭注云元端卽朝服之衣易其裳耳上士元裳中士黃裳下士雜裳又據禮記玉藻朝服以日視朝於內朝鄭注云朝服冠元端素裳也皆謂元端爲朝服之通名孔氏玉藻正義云按王制云周人元衣而養老注云元衣素裳天子之燕服爲諸侯朝服彼注云元衣則此元端也若以素爲裳則是朝服此朝服素裳皆得謂之元端故論語云端章甫注云端元端諸侯朝服若上士以元爲裳中士以黃爲裳下士以雜色爲裳天子諸侯以朱爲裳則皆謂之元端不得名爲朝服也據正義

說士之元端與朝服衣同而裳不同端者禮服之通名古時布廣二尺二寸端用正幅衣形正方自袞鷩至元端服不同而其爲端則同何論朝服也周禮司服士之服自皮弁而下如大夫之服其齊服有元端素端康成注云端者取其正也士之衣袂皆二尺二寸而屬幅是廣袤等也其袪尺二寸大夫已上侈之侈之者蓋半而益一半而益一則其袂三尺三寸袪尺八寸賈氏疏云其袪尺二寸據玉藻深衣之袪尺二寸而言也陳氏禮書云謂之端則衣袂與袪廣袤等矣無大夫士之辨也果士之袪殺於袂尺非端也大夫之袪侈以半而益一亦非端也汪君手存云古者天子諸侯大夫士朝祭之服並用正幅二尺二寸之袂故曰端冕曰端委其天子

諸侯大夫士齊服並用元端但大夫以上侈袂半而益一袂三尺三寸士不侈袂仍用朝服二尺二寸之袂耳若非齊服則天子諸侯大夫仍同二尺二寸之袂司服元端素端專爲士言耳鄭注極分明又雜記云凡弁經其衰侈袂則喪服亦與齊服同制鄭注原未嘗以侈袂概之朝祭之服也而王制疏謂大夫以上朝服侈袂士不侈袂故稱端考經注並無此說大謬不然又按旣謂之端則袂二尺二寸袪亦應二尺二寸司服注云袪尺二寸是以深衣之制上擬元端陳氏禮書駁之良是士朝服元端齊服如之祭服亦如之惟從君視朔服皮弁從君祭先公服爵弁故惟元端爲士之本服較庶人深衣尺二寸之袪者特爲端正故謂之元端元端者對深

衣而言耳動按如諸家說元端之制明朝服之制亦明雜記公襲朝服一元端一襚禮自西階受朝服自堂受元端二者各別然對文則異散文則通侯國之君臣以緇衣爲朝服故鄉黨疏云緇衣羔裘者謂朝服也緇色與元色相近七入爲緇六入卽爲元元端卽緇衣之小別又玉藻韠君朱大夫素士爵韋鄭氏以爲元端服之韠注云凡韠以韋爲之必象裳色則天子諸侯元端朱裳大夫素裳惟士元裳黃裳雜裳也孔疏云大夫元端以素爲裳故素韠大夫旣以素裳爲朝服又以爲元端服禮窮則同故也據此說大夫朝服與元端皆素裳鄭注士冠禮云元端卽朝服之衣易其裳耳特爲士言之非謂大夫也大夫元端之裳卽朝服之裳雖緇衣元衣淺深不同而其爲黑色則一若章甫爲殷禮冠士冠禮章甫殷道也與周之委貌夏后氏之毋追並記賈疏云三代皆言道是諸侯朝服之冠在朝以行道德者也動按章甫爲朝服之冠通行已久如孔叢子記國人誦孔子有衮衣章甫語是以章甫配衮衣亦可以配朝服明矣古者元端朝服皆元冠章甫之爲元冠無正文然古人衣與冠必同色委貌配元端名端委明委貌爲元冠也此以章甫配元端名端章甫明章甫亦爲元冠也據聘禮賓皮弁聘又公皮弁迎賓于大門內主君與賓皆是皮弁服又上介不襲以盛禮不在於已也是擯介入廟相禮其服必降於賓與主君今主君與賓服皮弁明相禮者不服朝服而服元端也覲禮侯氏裨冕釋奠于

祁乘墨車戴龍旂弧韣乃朝天子袞冕負斧依又諸侯覲于天子爲宮方三百步四門壇十有二尋深四尺加方明于其上蓋諸侯見天子先行覲禮而後行會同禮覲旣天子袞冕諸侯裨冕會同亦然諸侯會同旣服裨冕明其臣得服朝服赤云端者言端可以該朝服也若在宗廟助君祭如雜記云大夫冕而祭於公弁而祭於己士弁而祭於公冠而祭於己據士得服爵弁助君祭赤以卿爲相理當服冕言端可該朝服不可該爵弁至於冕去端遠矣當言冕而忽言端赤之謙必不至此端配章甫益信宗廟之事不指祭祀而指朝聘也雖大夫自祭亦有服朝服者如玉藻元冠綦組纓疏云其三命以下大夫則朝服以祭士則元端以祭此亦下大夫自祭之服非助君祭之服也

我獨亡

人皆有兄弟我獨亡鄭注云牛兄桓魋行惡死亡無日我爲無兄弟勳按亡與無同此時桓魋未死明有兄弟何得遽云我獨亡大抵古人謂有兄弟無兄弟多主賢不賢言猶云有人無人謂有賢人無賢人云有子無子謂有賢子無賢子也桓魋之寵害於公宋公將討之牛憂其爲亂以取死魋之不賢明矣故云人皆有兄弟我獨亡蓋四海之內皆兄弟統辭也君子何患乎無兄弟專指賢兄弟言謂四海之內皆可引爲兄弟其中自有賢兄弟君子何必以無賢兄弟爲患也子夏以此寬牛之憂正與我獨亡句語氣相應

片言

片言可以折獄者孔注云片猶偏也聽訟必須兩辭以定是非偏信一言以折獄者惟子路可邢疏云周禮秋官大司寇職云以兩造禁民訟以兩劑禁民獄注云訟謂以財貨相告者獄謂相告以罪名者造至也劑今券書也使訟者兩至獄者各齎券書既兩至兩券書乃治之不至及不券書則是自服不直者也故知聽訟必須兩辭方定是非偏信一言則是非難決惟子路才性明辨能聽偏言決斷獄訟故云惟子路可勳按片言卽單辭尚書呂刑明清于單辭蔡傳云獄辭有單有兩單辭者無證之詞也聽之爲尤難明者無一毫之蔽清者無一點之汚曰明曰清誠敬篤至表裏洞澈無少私曲然後能察其情也廣雅卷五云片襌也襌與單古字通用此片言卽單辭之證也集注訓片爲半說文片判木也从半木廣韵析木也玉篇半也判也開拆也片得爲半者如水畔曰泮廣韻有泮音畔字亦通用如漢書李陵傳一半冰注引如淳云半讀曰片可證片半古音同部以片訓半聲近義同言稱半者言有以一字爲一言有以一句爲一言如此經半言不得作半字解亦不得作半句解剖決之辭或詳或畧言本無定但乎允之言一出人卽信服故云不待其辭之畢也如孔注片言主爭獄者說如集注片言主折獄者說集注實兼孔注之意忠信明決如子路全聽兩邊之言可半言折之卽偏聽一邊之言亦可半言折之也孔注解片爲偏亦借聲立

訓不若集注爲尤精

必偃

草上之風必偃偃非仆也左傳定八年顏高奪人弱弓籍邱子鉏擊之與一人俱斃偃且射子鉏中頰殪杜注云斃仆也正義曰釋言云斃仆也孫炎曰前覆曰仆吳越春秋稱要離謂吳王夫差曰臣迎風則偃背風則仆然則仆是前覆偃是卻倒此顏高被擊而仆乃轉而仰且射子鉏猶死言其善射之功然也勳按周髀偃矩以望高覆矩以測深高在上深在下偃與覆對文測下必俯則望高必仰也廣雅釋詁卷五云偃仰也此又一證也草向上迎風則卻倒猶小人待治於君子感君子之德必隨君子爲轉移

修慝

敢問崇德修慝孔注云慝惡也集注引胡氏說云慝之字从心从匿蓋惡之匿於心者勳按說文匸部有匿字心部無慝字則知古止作匿後人復加心作慝以別藏匿之匿非也說文訓匿爲亡引伸其義凡事之微而不顯者皆謂匿今經籍多作慝慝不徒匿於心必且形於事但微而未顯則名慝耳經注多訓慝爲惡只據大概而言若指其實惟惡之陰者稱慝如左傳莊二十五年慝未作昭十七年慝未作注皆云慝陰氣也周禮環人察軍慝注云慝陰姦也又左傳僖十五年震夷伯之廟罪之也於是展氏有隱慝焉杜注云隱惡非法所得疏云隱蔽之惡不見於外非法令所得繩也勳謂隱惡卽

陰惡所謂陰私也陰私在己人不及知陰私在人己亦不必詰故下文云攻其惡無攻人之惡無與毋通禁止辭也無攻人之惡者非惟不暇攻亦不宜攻攻之恐傷君子忠厚之道故並戒之據此益見慝爲陰私不徒匿於心必且形於事矣

以及其親

一朝之忿忘其身以及其親惠氏棟云荀氏不苟篇曰鬬者忘其身者也忘其親者也行其少頃之怒而喪終身之軀然且爲之是忘其身也室家立殘親戚不免乎刑戮然且爲之是忘其親也楊倞曰蓋當時禁鬬殺人之法戮及親戚勳按及字確是刑戮連及之義桓二年宋督弑其君與夷及其大夫孔父公羊傳云及者何累也廣雅釋詁云纍及也纍或省作累義同

駢邑三百

奪伯氏駢邑三百孔注云伯氏食邑三百家據孔氏坊記家富不過百乘疏云按易訟卦注云小國之下大夫采地方一成其定稅三百家惟有此義其子男中都大都無以言之按鄭注論語云伯氏駢邑三百家云齊下大夫之制似公侯伯下大夫惟三百家者但春秋之時齊之强臣尤多故伯氏惟食三百家之邑不與禮同也勳按一成之田共九百夫去山林川澤三分之一餘六百夫又通不易一易再易二而當一實得三百夫之稅成去三之一即甸成方十里甸方八里對文則異散文則通古制諸侯公之孤食都公侯伯之卿食縣下大夫

食甸子男之卿食甸下大夫食邱是知食甸者小國之卿與大國之下大夫也鄭易注云小國之下大夫小國當作大國或傳寫之誤耳又考鄭氏小司徒注云甸方八里旁加一里爲成成方一里司馬法云通十爲成成百井三百家計一成百井共九百夫其中甸方八里八八六十四井五百七十六夫出田稅旁加一里得三十六井三百二十四夫治溝洫不出田稅據出田稅者五百七十六夫其田不易一易再易通率二而當一幷除去宮室塗巷三分之一則一成之定稅只一百九十二家何以云三百云三百者除三分去一又二而當一仍未除去治溝洫之夫也統治溝洫三十六井合出田稅六十四井共成爲百井得九百夫三分去一爲六百又二而當一爲三百此夫家之實數也

如其仁

桓公九合諸侯不以兵車管仲之力也如其仁如其仁孔注云誰如管仲之仁邪疏云餘更有誰如其管仲之仁動按說文訓如爲從隨引伸其義凡相似亦爲如其相似一訓或爲同或爲等亦轉爲均如其仁之如孔注泥於相似一訓又知但似其仁不合語氣因加誰字雖善斡旋終嫌添設邪疏曲從注義復加餘更有三字尤爲節外生枝一若經文語未完全必待注家疏家補其缺畧然後可讀豈知聖經閒有省文斷無缺畧不完全之語竊謂此經如字當訓爲均廣雅釋言如均也如其仁猶云均其仁言解甲息民利澤甚溥均管仲之仁也

長洲縣陳碩甫先生見勳說月立一解謂古如與若而然同義如猶是也是其仁是其仁即指不以兵車一事而言其說雖與鄙見稍異實較舊說爲優

夫如是

康子曰夫如是集解夫字無訓邢疏云夫靈公無道如是勳按夫字有作語詞解者有不作語詞解者其不作語詞解者或指事或指人如此經夫字當指衛靈公猶夫何爲哉夫字當指舜夫既或治之夫字當指王驩也觀左傳夫不惡女乎夫字指太子痤亦夫字指人之的證

而未能也

夫子欲寡其過而未能也孔注云言夫子欲寡其過而未能無過疏云顏回尚未能無過況伯玉乎勳按此經未能緊承寡過言孔注增成其義曰未能無過質之經文終嫌有意添設然謂伯玉眞是未能寡過則又不然伯玉在春秋爲賢大夫即不能無過亦何至未能寡過據淮南子稱其行年五十而知四十九年之非莊子稱其行年六十而六十化又據孫林父甯殖將逐君問伯玉伯玉不對而出見襄十四年左傳此時伯玉爲大夫可知後九年夫子始生至定十四年夫子去魯適衛乃主伯玉家及自衛反魯後而伯玉使人來約計此時伯玉當百有餘歲其德更進於六十以前且爲夫子所嚴事斷非未能寡過者也況寡過未能之言出於使者之口與自道者作謙辭迥別竊謂而當讀爲如而與如爲

雙聲古人通用此經欲寡過而未能與孟子望道而未之見一例而未之見者如未之見也而未能者如未能也伯玉欲寡其過過未寡不敢自以爲能卽過已寡猶不敢自以爲能雖能一如未能此檢身若不及之意也所以與年俱進五十知非六十能化直欲幾於無過之地而後卽安使者能知伯玉之心直以一言傳之夫子所以嘆美不置也

果哉

果哉末之難矣何注云末知己志而便譏己所以爲果疏云果謂果敢動按果哉卽指斯已而已之言謂果如荷蕢之言則亦不難也如此說方與上文語氣合

夷俟

原壤夷俟馬注云夷踞俟待也踞待孔子疏云原壤聞孔子來乃申兩足箕踞以待孔子也勳按注義本明邢疏不得其解乃誤蹲踞爲箕踞說文居蹲也蹲居也二字爲轉注段氏注云說文有凥有居凥處也从尸得几而止凡今人居處字古祗作凥處居蹲也凡今人蹲踞字古祗作居但古人有坐有跪有蹲有箕踞跪與坐皆厀著於席而跪聳其體坐下其脽若蹲則足底著地而下其脽聳其厀曰蹲其字亦作竣原壤夷俟謂蹲踞而待不出迎也若箕踞則脽著席而伸其脚於前是曰箕踞趙佗箕踞見陸賈聞賈言乃蹷然起坐是也箕踞爲大不敬三代所無居篆正謂蹲也今字用蹲居字爲居處字而凥字廢矣又別製踞字爲蹲居字而居之本義

屐矣勳按夷亦作跠如王延壽魯靈光殿賦云卻負載而蹲跠賈子等齊篇云織履蹲跠此亦後人別製跠字為蹲夷字猶別製踞字為蹲居字也

陪臣

陪臣執國命馬注云陪重也謂家臣勳按說文陪重土也本取重義故陪臣猶言重臣曲禮列國之大夫入天子之國自稱曰陪臣某鄭注亦訓陪為重韋昭注楚語云臣之臣為陪蓋己本為臣又有為己之臣是重為臣也對天子言諸侯為臣大夫又為諸侯之臣是大夫為陪臣對諸侯言大夫為臣家臣又為大夫之臣是家臣為陪臣陪臣執國命對諸侯言謂諸侯之陪臣執諸侯之國命也

時其亡

孔子時其亡也注疏時字無訓唐李習之論語筆解云時當為待勳按孟子滕文公篇作矙其亡趙注訓矙為視則時亦作視解廣雅釋言云時伺也伺與覗通廣雅釋詁又云覗視也闞瞰亦皆訓視孟子作瞰字異而義同蓋時謂之伺亦謂之覗覗謂之時亦謂之瞰其義一也古音時聲伺聲同部論語時其亡時即伺之借字廣雅釋言以伺釋時正以本字釋借字玉篇廣韵並訓覘為視古音者聲與示聲同部故也江晉三先生云古人訓詁或借聲或釋義時訓伺乃借聲覘訓視亦借聲

懷其寶

懷其寶而迷其邦皇疏云寶猶道也勳按古人多謂道

爲寶如廣雅釋詁云寶道也檀弓下仁親以爲寶注云寶謂善道可守者亦訓道爲寶又或謂身爲寶如老子輕敵幾喪吾寶注云寶身也呂覽先己篇嗇其大寶注云大寶身也懷其寶謂藏其身卽所以藏其道兩義並通

正牆面

其猶正牆面而立也與古注正字無訓今按正有當義正牆面而立者當牆對之而立也廣韵正當也呂覽義賞篇豈非用賞罰當耶注云當正也是正當二字爲轉注恭己正南面正字解同

食夫稻

古稱百穀稻爲溉種之總名尤宜近水細分之凡二十種畧辨其類則有三種黏者爲糯不黏者爲秔秔亦名粳又有一種名秈者比於粳較小而尤不黏其成熟最早是秈爲早稻粳爲晚稻幷糯爲三種古人以糯爲酒如詩豐年多黍多稌爲酒爲醴稌卽糯也惟粳與秈二種可供朝夕之食百穀中以稻味爲尤美但宜於下地而不能處處有之故食稻直與衣錦並爲樂事

徼以爲知

惡徼以爲知者孔注云徼抄也抄人之意以爲己有勦按抄與鈔同廣雅釋言云鈔掠也一切經音義二引字書同一切經音義又云古文抄剿二形是抄通作剿禮記曲禮上毋勦說勦當讀爲剿故鄭注以爲取人之說以爲己說義與論語孔注同注家徼字或訓邀訓遮訓

求訓循並無抄義此經釋徼爲抄蓋以徼爲借字抄爲本字因以本字釋借字此漢人破字法也鄭本徼又作絞亦抄之借字如左傳成十四年引桑扈詩彼交匪傲漢書五行志上中引左傳彼交作匪傲可證此由古音少聲巢聲敫聲交聲同部彼此互通若訓徼爲伺察亦望文生義唐以前無是訓也

爲之奴

箕子爲之奴焉注云箕子佯狂爲奴疏引本紀云西伯既卒周武王之東伐至盟津諸侯叛殷會周者八百諸侯皆曰紂可伐矣武王曰爾未知天命乃復歸紂愈淫亂不止微子數諫不聽乃與太師謀遂去比干曰爲人臣者不得不以死爭迺强諫紂怒曰吾聞聖人心有七

竅剖比干觀其心箕子懼乃佯狂爲奴紂又囚之是也勳按周官司厲職其奴男子入於罪隸女子入於舂藁凡有爵者與七十者與未齔者皆不爲奴鄭司農云謂坐爲盜賊而爲奴者輸於罪隸舂人藁人之官也據此則知從坐而沒入縣官者男女同稱奴女亦或稱婢尚書周易謂之臣妾周禮謂之人民皆謂奴婢也甘誓予則奴戮汝王莽傳引此語師古注曰奴戮戮之以爲奴也莽用今文尚書說其字今古文皆作奴不作帑作帑者衞包改之也箕子有爵爲奴所以辱之也然云爲之奴是紂本不能奴箕子箕子自爲之所謂佯狂受辱也泰誓云囚奴正士正指此若孟子罪人不孥之孥當作帑說文無孥字而有帑字在巾部左傳鳥帑帑爲尾鳥

之後也人之妻子亦稱帑如左傳秦人歸其帑詩樂爾妻帑皆當作帑不得與奴相亂亦有假帑爲奴者如漢書文帝紀盡除收帑相坐律令是也

出納

出納之吝孔注云謂財物俱當與人而吝嗇於出納惜難之趙氏溫故錄云出有吝納何吝納不厭其盈出不厭其縮是出之中有納焉故得連言納也勳按此經上句言與人則納亦主與人立論納者入也出納猶言出入凡財物出於己必入於人入於人亦謂之納未有吝其出於己而不吝其入於人者也故曰出納之吝吾友當塗夏廣文弢甫以余說爲然謂禹貢納總納銍納秸昏禮納采納吉納徵曲禮納女于天子皆納字主與人之證

四書拾義卷二終

績溪胡紹勳學

大學中庸

壹是

大學壹是皆以修身爲本鄭注云壹是專行是也勳按說文訓壹爲專壹與一義殊穀梁僖九年傳壹盟天子之禁注云壹猶專也左氏昭二十六年傳壹行不若注云壹專也荀子大畧篇君子壹教弟子壹學亟成注亦云壹專壹也並與說文合是字統承上文八條目言謂自天子以至於庶人專在八條目中用功此外並無別學而其本則在修身故曰皆以修身爲本依鄭注壹是二字連上句讀不連下句讀孔疏不得其義乃云所行

此者專壹以修身爲本一似經文是字皆字俱可從删而語意反晦

緝熙

於緝熙敬止勳按詩言緝熙不一敬之詩學有緝熙于光明主學言也維清詩維清緝熙文王之典與昊天有成命詩於緝熙單厥心一以守法言一以承業言也惟文王詩於緝熙敬止專主德言據爾雅釋詁訓緝熙爲光周語引昊天有成命詩而釋之曰緝明也熙廣也韋注引鄭後司農云廣當爲光文王詩傳云緝熙光明也鄭箋因之維清敬之二箋同禮記緇衣於緝熙敬止注云緝熙皆明也大學注亦無異訓蓋爾雅訓緝熙爲光國語以光明分屬明者光之體光者明之用言用亦可

以包體也若緝之訓讀如詩行葦授几有緝御箋云緝猶續也緝雖有繼續之義若緝熙連文則爾雅國語之訓確不可易

於戲

詩云於戲前王不忘今烈文詩於戲作於乎卽烏呼也說文烏孝烏也象形孔子曰烏亏呼也取其助气故㠯爲烏呼又𠈇篆注云象古文烏省此卽今之於字於與烏體異而字同烏之本義爲孝烏凡經傳烏呼之烏皆借字也毛詩烏呼皆作於乎於亦借字也戲又呼之借字說文訓戲爲三軍之偏如史漢項羽紀高帝紀皆云諸侯罷戲下是也借戲爲呼者古音呼聲與戲聲爲通韻字可互借古戲字本讀平聲並無去聲又與呼爲雙

聲故尙書古文烏呼字今文皆作於戲如盤庚丕乃崇降弗祥烏呼君奭烏呼君已曰立政烏呼孺子王矣隸釋石經尙書殘碑皆作於戲無逸周公曰烏呼嗣王其監于玆漢石經作於戲康誥王曰烏呼封王符潛夫論作於戲召誥烏乎若生子漢石經及論衡率性篇皆作於戲又漢書東方朔傳先生曰於戲楊王孫傳於戲古不爲也佞幸董賢傳於戲傷哉皆借戲爲呼也江晉三先生云借戲爲呼者蓋戲从𧆨聲𧆨又从虍聲也似古音戲字本在魚部而先秦漢初轉入歌部總由魚歌二部通用之故惜先秦以前有韻之文無可引證

諺

故諺有之曰注疏諺字無訓後人多以俗語當之據廣

雅釋詁四云諺傳也說文云諺傳言也漢書季布傳集注依廣雅釋諺爲傳後漢虞詡傳注依說文釋諺爲傳言皆謂前代相傳之古語文心雕龍訓諺爲直言猶不以爲俗語此經諺字陸氏釋文訓爲俗語與左傳隱十一年周諺有之日釋文訓爲俗言同又據越語諺有之日注云諺俗之善謡者漢書五行志中之上諺所謂老將知而耄及之者注云諺俗所傳言也是訓俗語起於唐人而非古義

貪戾

一人貪戾鄭注云戾之言利也勳按戾與利古音同部又爲雙聲鄭以戾爲利借字故正其讀曰戾之言利戾本義說文訓曲引伸之爲乖戾暴戾罪戾之稱此經借戾爲利猶秦策虎者戾蟲亦借戾爲利也彼注訓戾爲貪與廣雅釋詁訓利爲貪合貪與利散文則通對文則異貪利者惟利是貪也疏未證明其義

老老長長

上老老上長長鄭注云老老長長謂尊老敬長也勳按注謂尊老敬長疑指國人之老者長者言孔疏未申其說蓋傳以釋經未有傳義不與經旨合者如上節釋治國必先齊家專重齊家而治國卽由家齊致之故言孝弟慈三者皆齊家事此節釋平天下在治國專重治國而天下平卽由國治推之故言老老長長恤孤三者皆治國事卽以恤孤論孤必無父不得指爲人君子孫孤既爲國中之孤復以老與長爲家中之老者長者則上

二句與下一句文法畧同不應意義獨別孟子梁惠王篇老吾老以及人之老幼吾幼以及人之幼天下可運於掌老吾老者齊家事也以及人之老者治國事也單言老可以包長即此可證老老長長兼及國人而天下平之基在此若齊家一層上節已言孝弟孝即老吾老弟即長吾長也如謂老老爲吾老長長爲吾長既與本節經旨違亦與上節傳義複矣

興孝興弟

上老老而民興孝上長長而民興弟興不獨訓起亦可訓喜禮記學記不興其藝鄭注云興之言喜也正義引爾雅云歆喜興也興亦通作嬹廣雅嬹喜也說文訓嬹爲說與喜義同興孝興弟者感上之老老長長而自喜於孝弟也興仁興讓倣此孟子聞文王作興曰之興亦即喜說之意

休休然

其心休休然章句未詳其義勲按書傳訓休休爲樂善詩蟋蟀良士休休毛傳云休休樂道之心廣雅釋詁亦訓休爲喜喜樂皆謂之休周語爲晉休戚戚與休相反戚爲憂休即爲喜樂矣至爾雅釋訓休休與瞿瞿同訓儉事以釋詩蓋蟋蟀詩本刺晉僖公儉不中禮故言士之儉而中禮者曰良士休休與大學異義

兩端

中庸執其兩端鄭注云兩端過與不及也勲按其字指揚善之善言善不必皆中亦或有過有不及故曰兩端

過不及皆非中則自有其中在矣故又曰用其中於民
中與過不及反對非過不及無以釋兩端

罟擭陷阱

驅而納諸罟擭陷阱之中孔疏云罟網也擭謂柞鄂也陷阱謂坑也穿地爲坑豎鋒刃於中以陷獸也㸃按秋官雍氏注云坚地阱淺則設柞鄂於其中賈疏云或以爲竪柞於中向上鄂鄂然所以載禽獸使足不至地不得躍而出然則罟者張網以捕之擭者設柞以蹼之陷者深坎以没之阱者穿地以襲之陷與阱本一物擭亦施於陷阱中唯罟可取獸兼可取禽與擭陷阱異

戾天

詩云鳶飛戾天天者氣也張湛列子注云自地以上則皆天矣楊倞荀子注云天無實形地之上空虛者盡皆天也此皆以氣爲天故論衡談天云天氣也鶡冠子泰錄云天者氣之所總出也蓋氣之清輕者上爲天據易大畜大象傳天在山中非氣何以在山中乎惟氣之所至皆名天故鳶不飛則已飛卽謂之戾天可也

其則

詩云伐柯伐柯其則不遠鄭注云則法也言持柯以伐木將以爲柯近以柯爲尺寸之法㸃按攻木之工必用斧斧柄謂之柯柯長三尺可以量物如考工記車人爲車柯長三尺博三寸厚一寸有半五分其長以其一爲之首轂長半柯其圍一柯有半輻長一柯有半渠三柯者三此造車以柯爲[illegible]亦不謂遠況以柯伐柯者乎執

柯伐柯正與以人治人之旨合

及士庶人

斯禮也達乎諸侯大夫及士庶人不云及庶人而云及士庶人者禮及士而止庶人又從士而及之也曲禮云禮不下庶人白虎通云禮爲有知制不及庶人勉民使至於士也勲按庶人假士禮行之如儀禮嘉禮有士昏士冠凶禮有士喪士虞皆庶人假而行之者也

宗器

陳其宗器鄭注云宗器祭器也勲按左傳襄二十五年賂晉侯以宗器樂器注云宗器祭祀之器與中庸鄭注合皆不詳其器名據禮記雜記下凡宗廟之器其名者成注云宗廟名器謂尊彝之屬此特專指名器而言若

統言宗器凡祭祀所當用者無不備不專指尊彝之屬可知也宗器卽宗廟之器說文訓宗爲尊祖廟从宀从示言宗可該廟故宗廟之器通稱宗器猶儀禮士昏禮記承我宗事宗廟之事亦通稱宗事也宗器與寶器異周禮天府掌祖廟之守藏凡國之玉鎮大寶器藏焉若有大祭大喪則出而陳之此寶器卽重器如孟子止其重器趙注亦訓爲寶重之器書顧命所陳赤刀大訓天球河圖諸器正謂大喪獨春秋所陳既非大喪亦非大祭大祭若大禘大饗與時祭不同故知春秋不必陳寶器又周禮典庸器掌藏庸器及祭祀陳庸器注云庸器伐國所獲之器若崇鼎貫鼎及以其兵物所鑄銘也是庸器亦祭祀所陳然庸器以昭功非祭祀常器蓋宗

器爲祭器國語其官不備宗器指此若襄二十二年左傳寡君盡其土實重之以宗器注云宗宗廟禮樂之器鐘磬之屬此又兼以樂器爲宗器可補中庸注所未詳

人也

仁者人也鄭注云人也讀如相人偶之人以人意相存問之言勲按表記仁者人也注云人也謂施以人恩也春秋傳曰執未有言舍之者此其言舍之何人也疏云引之者證人是人偶相存愛之義也意與中庸注合又方言凡相憐哀相見驩喜九嶷湘潭之閒謂之人兮呂氏春秋論人篇哀之以驗其人此皆相親愛相悲憫之謂故釋名廣雅俱訓人爲仁人與仁無二理猶宜與義無二理也

困而知之

或困而知之鄭注云困而知之謂長而見禮義之事己臨之而有不足乃始學而知之勲按論語生而知之者章困而學之孔注云困謂有所不通明是困而後學正與困而後知同若時解不考鄭孔注竟謂用困的工夫求知則困而學之當亦用困的工夫爲學不知困而不學又作何解也此經下章事前定則不困及學記教然後知困皆合臨事不足之義困而知之者因困求知功益加密故云及其知之一也廣雅釋詁四訓困爲窮亦與孔鄭注義合

從容

從容中道聖人也正義以爲從容閒暇而自中乎道勲

按孟子盡心下動容周旋中禮者與此經文義相似彼言動容此言從容從容即動容也古音從聲動聲同部動又从重聲古亦作平聲讀如文子原道篇不虛動兮與通叶徐幹齊都賦征鼓雷動與中叶是從與動聲相近從即動之聲近借字如墨子經上云動或從也亦其一證惟從容即動容故解從容者多指爲舉動如廣雅釋詁云從容舉動也禮記緇衣從容有常疏及楚辭懷沙孰知余之從容注文選琴賦從容祕翫注並與廣雅釋詁同蓋從容固有閒暇一義在此經訓舉動爲優

無疆

悠久無疆疆即畺之或體字說文訓界有界則有限無疆者無界可限也詩言無疆者不一皆以壽言即悠久之義也易坤卦彖傳三言無疆始云坤厚載物德合無疆繼云牝馬地類行地無疆末云安貞之吉應地無疆行地無疆者言牝馬即言坤之本體也德合無疆者言坤德之無疆合乾德之無疆天地同一無疆也應地無疆者言君子法地之無疆即法天之無疆以天地同一悠久之無疆也蓋天行不息其高明本自無疆地之博厚能配天則亦無疆至誠之悠久與天地合無疆之本義主地言如臨之大象傳言容保民無疆指坤地也天與人皆言無疆此引伸之義也

生物不測

其爲物不貳則其生物不測鄭注云言至誠無貳乃能生萬物多無數也疏云言聖人行至誠接待於物不有

差貳以此之故能生殖衆物不可測量勲按說文測深所至也深所至爲測量其深所至亦爲測說文解測字專以本義言之至極也言深之至極處也極與盡義同故呂覽下賢篇其深而不測也注淮南原道篇深不可測注主術篇深不可測注並訓測爲極呂覽論人篇不可測也注亦云測盡極也義皆與說文合不測即不極猶言無窮也下節天言無窮水言不測不測即無窮孔疏以爲不可測量失之矣

敦厚

敦厚以崇禮敦與厚同義如孟子萬章下薄夫敦韓詩外傳引作薄夫厚經注亦以厚釋敦但敦厚散文則通連文則異此經敦厚連文厚爲本質敦爲加功非復語

也據說文厚爲山陵之厚古文厚从土作垕厚莫厚於土敦即主土而言如易繫辭上傳安土敦乎仁即敦厚之一義也坤艮皆土故爻位之値坤艮者多言敦如復外卦爲坤土六五言敦復臨外卦爲坤土上六言敦臨艮內外卦皆土上九亦言敦艮厚益加厚取象於敦古人用字之精如此敦當作惇說文心部惇厚也支部敦怒也詆也一曰誰何也俗多誤混

足以興

國有道其言足以興鄭注云興謂興起在位也勲按訓興爲起本爾雅釋言禮記曲禮下唯興之曰鄭注云興謂起爲卿大夫與中庸注合但興訓起亦訓舉如廣雅釋詁云興舉也周禮大司徒之職以鄉三物教萬民而

賔興之注云興猶舉也舉與起皆可謂興獨起由己不由人如孟子所謂有王者起是也此經言君子處有道時正當興賢興能之日特患言不足以興耳足以興者見君子言皆可用也

同文

書同文文者六書之文也許氏說文序云倉頡之初作書蓋依類象形故謂之文其後形聲相益卽謂之字據此文與字稍異依類象形專謂指事象形二者指事亦所以象形也文本錯畫交錯其畫而文成考其實六書通稱文也六書雖有指事象形象聲會意轉注假借之異而皆以文成體同文者六書之文無不同如指事謂明指其事文同而事可知象形謂各象其形文同而形可知象聲者以文兼聲文同則聲自得矣會意者以文合意文同則意自見矣若以此文釋彼文以彼文釋此文謂之轉注同一轉注卽同一文也以彼文代此文以此文代彼文謂之假借同一假借卽同一文也周禮外史掌達書名於四方名者文也達之者同其文之謂也

潛

詩云潛雖伏矣潛卽涔也亦謂之槮或作橬如周頌潛有多魚韓詩潛作涔訓爲魚池毛傳云潛糝也勲按爾雅釋器槮謂之涔李巡云今以米投水中養魚曰涔孫炎云積柴養魚曰槮郭璞云今之作槮者聚積柴木於水中魚得寒入其裏藏隱因以薄圍捕取之據小爾雅魚之所息謂之橬橬詩傳及爾雅本並作米旁參郭氏

因改爾雅從小爾雅作木旁參專取積柴之義是也潛即涔之借字故韓詩作涔又禹貢沱潛既道史記夏本紀沱潛作沱涔亦二字通用一證字林槮又作罧亦通用字古音朁聲岑聲參聲林聲同部彼此互通說文訓潛爲涉水一曰藏也藏即經傳通行之義若以此釋正月詩之潛則與伏義無別以是知潛當讀爲涔詩若曰魚入積柴中雖甚隱伏而人明知之其伏焉者即其昭焉者也

屋漏

詩云相在爾室尚不愧於屋漏此天子陽厭禮也毛傳云西北隅謂之屋漏鄭箋云相助諸侯卿大夫助祭在女宗廟之室尚無肅敬之心不慚愧於屋漏有神見人

之爲也屋小帳也漏隱也禮祭於奧既畢改設饌於西北隅而厞隱之處此祭之末也孔疏云屋漏者屋內處所之名可以施小帳而漏隱之處正謂西北隅也言不愧屋漏則屋漏之處有神居之矣故言祭時於屋漏有事之節禮祭於奧中既畢尸去乃改設饌食西北隅厞隱之處此祭末之時事也特牲禮尸謖之後云佐食徹尸薦俎敦設於西北隅几在南厞用筵納一尊佐食闔牖戶降注云厞隱也不知神之所在或諸遠人乎尸謖而改饌爲幽闇庶其饗之是其事也若然當闔戶牖則室中無人而云在室不愧屋漏者此羣臣雖惰非祭初即倦當有事屋漏之時乃始倦耳因當時屋漏有神而責其不愧非謂助祭之人在屋漏之處言其室者正謂

在宗廟中耳爾雅孫炎解屋漏云堂室之白日光所漏入非鄭義也按禮記曾子問云殤不備祭何謂陰厭陽厭鄭注云祭成人始設奠於奧是謂陰厭尸旣謖之後改饌於西北隅是謂陽厭按特牲士禮有陰厭陽厭又此詩不愧於屋漏則天子亦有陽厭以上下言之諸侯亦同惟上大夫無陽厭故儀禮少牢祭末不徹饌於西北隅鄭注云無陽厭者爲大夫當有賓尸故也勳按曾子問當室之白尊於東房是謂陽厭注云當室之白謂西北隅得戶明者也明者曰陽又特牲饋食禮佐食徹尸薦俎敦設于西北隅注云少牢饋食禮曰南面如饋之設此所謂當室之白陽厭也以上鄭氏兩注皆與毛傳合蓋奧在西南當室之閒故曰陰厭屋漏在西北當室之明故曰陽厭陰厭席東面陽厭席南面儀禮特牲有陰厭有陽厭少牢有陰厭無陽厭天子諸侯及上大夫正祭有陰厭繹祭有陽厭下大夫與士無賓尸繹祭故陰厭陽厭共設於祭之日而已抑詩衞武公作以刺厲王亦以自警不愧屋漏確指繹祭陽厭之時據本詩下文接神之格思三句亦主祭祀言中庸使天下之人節卽引是詩證之彼神之格思三句屬祭祀則相在爾室二句爲祭祀之陽厭明矣鄭箋訓屋爲小帳與注雜記素錦以爲屋同據此當讀屋爲幄釋名釋牀帳云幄屋也以帛依板施之形如屋也是幄本取屋義亦可省文作屋故鄭氏以爲小帳汪君手存云澤按劉熙釋名云禮每有親死者輒撤屋之西北隅薪以爨竈煮沐供

諸喪用時若值雨則漏故以名之也必取是隅者禮旣祭改設饌於西北隅今撤毀之示不復用也太平御覽引舍人注畧同鄭君箋詩訓屋爲幄漏爲隱謂施小帳於西北隅漏隱之處以依神故名其處曰屋漏竊謂鄭君是也釋言云屝陋隱也陋與漏屋與幄聲韵同則義亦通屋漏卽幄陋鬼神所居尙幽闇而室中幽闇之地莫如西北隅故常設小帳於此以依神祭時設席於西南隅之奧尸謖後仍改饌於此以厭飫之平時之薦而不祭者亦陳設於此故名此處爲屋漏也劉熙說雖有據然訓漏爲雨漏之漏則旣撤之後應卽修復何至常常雨漏而以名其地乎曾子問當室之白鄭以西北隅得戶明釋之茲乃釋西北隅之地非釋屋漏二字名義

也蓋西北隅最幽闇戶闢日光斜入時見白光故曰當室之白故曰得戶明曾子問經注與抑詩箋原並行不背孫炎專主曾子問以釋爾雅而增成其義曰日光所漏入要不如抑詩箋之確覈按漏之本義爲刻漏說文漏以銅受水刻節晝夜百節从水扇取扇下之義扇亦聲據此漏與扇有別扇從屋穿水下會意漢書地理志下交趾郡苟扇尙用扇字他典多借漏爲扇如荀子儒效篇窮閻漏屋注云漏屋弊屋漏雨者也此與釋名値雨則漏之說同不知此亦借漏爲陋也漏屋猶云陋室說文陋訓阨陜此本義也引伸其義凡隱處亦可稱陋爾雅釋言訓陋爲隱郭注引尙書揚側陋釋之今按堯典明明揚側陋孔疏不得其義乃云側陋者僻側淺陋

之處顯與書序義違舜典序云虞帝側微正以側微釋側陋正義亦謂此云側微即堯典側陋也微與隱同義足證陋可訓隱而釋言之義明並詩箋之義亦明鄭知漏爲陋之借字故訓陋爲隱此經借漏爲陋猶禮記內則馬黑脊而般臂漏借漏爲螻也鄭注內則云漏當爲螻詩箋不破字者以漏陋二字同音通用較廣後人易明故不煩發疑正讀也由此推之舍人劉熙値爾則漏之說亦附會而不足據且與孫炎皆未知漏爲陋之借字也抑舍劉二君之說皆本於禮記喪大記云甸人取所徹廟之西北厞薪用爨之正義云謂正寢爲廟神之也引皇氏說云厞謂西北隅厞隱之處徹取屋外當厞隱處薪厞即屋漏之地如特牲饋食薦俎敦設於西北

隅几在南厞厞在西北隅非屋漏乎厞與屋漏異名而同地爾雅釋言訓厞爲隱玉篇即訓厞爲陋是漏之本字爲陋陋亦通名厞皆西北隅幽闇之稱旣無關於雨漏亦不係於漏入之日光矣

四書拾義卷三終

績溪胡紹勳學

孟子

易耨

梁惠王深耕易耨趙注云易耨芸苗令簡易也勳按耨說文作槈訓爲薅器或从金作鎒本指鋤而言引伸其義凡芸苗皆可稱槈經籍通作耨此經易耨與深耕對文不徒令苗簡易有速義如史記天官書易福薄集解引徐廣云易猶輕速也蓋以時雨將至速耨以待之不容少緩故曰易耨速與疾同義如齊語深耕而疾耰之以待時雨其明證也又管子度地篇大暑至利以疾耨疾耨卽易耨矣

戚戚

於我心有戚戚焉趙注云戚戚然心有動也勳按戚之本義訓親如詩行葦戚戚兄弟毛傳云戚戚內相親也疏云戚戚猶親親然博考訓詁家言無有釋戚爲動者此經趙注訓戚戚爲動蓋以戚爲俶之借字也古音戚从尗聲俶从叔聲叔亦从尗聲聲通字亦通故借戚爲俶如爾雅釋詁動與俶皆訓作則二字義同方言十二亦訓俶爲動趙注之義本此

寡妻

刑於寡妻趙注云刑正也寡少也言文王正己適妻則八妾從勳按毛傳云刑法也寡妻適妻也鄭箋云寡妻寡有之妻言賢也趙注訓刑爲正從韓詩說與毛傳依

釋詁訓法者相兼乃備以寡妻爲適妻適妻惟一故稱寡對眾妾而言也又爲寡有之義如書言寡兄謂寡有之兄此亦爲寡有之妻也傳箋異訓義皆可通若以寡爲寡德此自謙之辭恐非詩人語氣

混夷

文王事混夷趙注云詩云混夷兌矣唯其喙矣謂文王也正義云箋云混夷夷狄國也見文王之使者將士眾過己國則惶怖驚走犇突入柞棫之中而逃甚困劇也又云駾突也喙困也趙注引此而證以解作文王事混夷大與詩注不合今孟子乃云文王事混夷者混夷西戎之國也詩之采薇云文王之時西有混夷之患注云混夷西戎也是也今據詩之箋云乃曰伐混夷與孟子不合者蓋文王之始初事卒不免故伐之也始初之時乃服事殷之時也趙注引混夷兌矣唯其喙矣蓋失之矣汪君手存云澤按緜詩肆不殄厥慍亦不隕厥問柞棫拔矣行道兌矣混夷駾矣維其喙矣箋云小聘曰問文王見大王立冢土有用大眾之義故不絕去其恚惡惡人之心亦不廢其聘問鄰國之禮今以柞棫生柯葉之時使大夫將師旅出聘問其行道士眾兌然不有征伐之意混夷見文王之使者將士眾過己國則惶怖驚走奔突入此柞棫之中而逃甚困劇也是之謂一年伐混夷孔疏申之云書傳四年伐犬夷此云一年者此文在虞芮質成之上或在受命之前非彼四年之事混夷見聘而怖終不臣伏故至受命四年而伐之此因混夷

之驚遂言其伐之事不謂此即伐也據此則緜詩所云正合孟子以大事小之意趙氏引以證孟子確甚不必帝王世紀而始瞭然也而帝王世紀更足以證鄭箋趙注之說邵武僞疏謂趙注與詩箋不合誤矣勳按混夷地兼西北據出車詩云赫赫南仲薄伐西戎西戎即指混夷也混夷在玁狁西故云西戎不必在極西邊地也鄭箋謂混夷爲夷狄國亦未必即在東北之閒蓋混夷地居西北之閒故或以爲西或以爲北緜詩與采薇所言同一混夷據漢書匈奴傳周西伯昌伐畎夷師古注云畎夷即畎戎又據曹植求自試表引孟子事混夷作事犬夷犬夷即混夷尚書大傳文王受命四年伐犬夷鄭君注亦云犬夷混夷也犬或作畎猶昆本作混如緜

詩混夷駾矣說文引詩同孟子音義石經昆亦作混然則混爲正字閩監毛三本皆作昆者通用字也又作串如皇矣詩串夷載路箋云串夷即混夷焦氏孟子正義云串同患與混一音之轉串亦與犬一音之轉是也蓋如緜詩箋義乃混夷自相竄伏何傷文王以大事小之仁厥後爲中國患文王承天子命伐之天下之公義也仍與字之之心並行不悖

不足不給

春省耕而補不足秋省斂而助不給趙注云春省耕補耒耜之不足秋省斂助其力之不給也疏云春則省察民之耕而食不足者則補之如周禮旅師春頒其粟是也秋則省察民之收而有力不足者則助之如遂師巡

其稼穡而移用其民以救其時事是也勳按鄭氏注遂師云移用其民使轉相助救時急事也四時耕耨斂艾芟地之宜早晚不同而有天期地澤風雨之急其引旅師者彼職云掌聚野之耡粟屋粟閒粟而用之以質劑致民平頒其興積施其惠散其利而均其政令又云凡用粟春頒而秋斂之鄭注云困時施之饒時收之疏云上經所云是貸而生利此經所云是直給不生利也官得舊易新民得濟其困乏官民俱益之也據此則補不足亦是春頒粟秋仍斂之但不生利耳如此說補不足助不給可以通行爲諸侯所取法若時解以爲補不足助不給俱是發倉廩以補助之是謂不給即不足也如必每年春秋俱發倉廩恐亦難周况當秋斂非甚凶荒

無有不足據說文給相足也周語事之供給注晉語伎藝畢給則賢注知羊舌之聰敏肅給也注皆訓給爲足然足爲給之本義引伸其義亦與及同如晉語豫而後給注云給及也漢書鼂錯傳弗能給也注云給謂相連及然則助不給正謂助其事之所不及也恐其不及則早斂者使晚斂者轉相助晚斂者使早斂者轉相助專主人力而言與發倉廩無涉

方命

方命虐民趙注云方猶逆也逆先王之命疏云凡物圓則行方則止行則順止則逆勳按疏未得其義方當讀爲放方放古字通如書堯典方命圮族此古文尚書作方也漢書王商史丹傅喜傳作放命圮族薛宣朱博傳

亦然此皆今文尚書也五帝本紀放作負直以訓詁字代之放命者放棄王命也或訓負大意畧同

始興發

於是始興發補不足趙注云始興惠政發倉廩以賑貧下不足者也勳按趙注訓發爲發倉廩灼然無疑惟以興爲興惠政未確興卽興此發倉廩之舉此舉久廢因景公說晏子言而復興之故曰始興一言發而惠政在其中矣興對廢言尤見經文本自顯白

煢獨

詩云哿矣富人哀此煢獨勳按周禮大司寇之職以肺石達窮民凡遠近惸獨老幼之欲有復於上而其長弗達者立於肺石三日注云無兄弟曰惸無子孫曰獨賈

疏云鄭知惸是無兄弟者王制已有孤獨寡鰥不見惸則惸是無兄弟可知也是以尚書洪範亦云無虐煢獨而畏高明孔傳云煢單無兄弟也無子曰獨據周禮疏不言無子曰獨兼言無孫者或子死有孫亦不爲獨故兼言無孫也煢說文作㷀回疾也謂回轉之疾飛也引伸爲煢獨取裵回無依之意今詩小雅煢作惸字異而聲義並同

戚揚

干戈戚揚毛傳云戚斧也揚鉞也正義曰廣雅云鉞戚斧也則戚揚皆斧鉞別名傳以戚爲斧以揚爲鉞鉞大而斧小大公六韜云大阿斧重八斤一名天鉞是鉞大於斧也勳按鉞亦名揚者鉞揚二字爲雙聲故知揚爲

鉞聲之轉鉞卽揚也如易夬卦辭揚于王庭鄭注訓揚爲越謂揚于王庭卽越于王庭也他如發揚之轉爲發越亦類是

其蘇

書曰徯我后后來其蘇趙注云待我君來則已蘇息而已勲按息卽生也禮記樂記蟄蟲昭蘇鄭注云更息曰蘇正義云言蟄蟲之類皆埋藏其體近於死今復得活死而更息也據此則更息卽更生如左傳襄十年蘇而復上者三疏云蘇者死而更生之名也小爾雅廣名云死而復生謂之蘇蘇本作穌廣雅釋詁一經訓穌爲生亦其一證

非身之所能爲也

或曰世守也非身之所能爲也趙注云土地乃先人之所受也世世守之非己身所能專爲勲按趙注以專釋爲其義未確竊謂爲與違通如荀子臣道篇君子不爲也注云爲或爲違蓋爲違雙聲又爲合韵抑或傳寫之訛皆未可知此節當作非身之所能違違訓去故下云效死勿去

爲我願之

公孫丑管仲曾西之所不爲也而子爲我願之乎疏云孟子言管仲曾西之所不願爲也而子以爲我願比之乎勲按疏訓爲爲以爲必用以字增成其義而後可讀不知古人爲與謂通用爲我願之卽謂我願之也如禮記禮器誰謂由也而不知禮乎家語公西赤問篇作孰

爲左傳莊二十二年是謂觀國之光史記陳杞世家作是爲大戴禮文王官人篇此之爲考志也逸周書作謂考志墨子公輸篇宋所爲無雉兔鮒魚者也宋策作所謂皆是

蹶者

今夫蹶者集注釋蹶爲顛躓顚之本字作蹎經傳多借顚爲之說文蹎跋也跋即沛之本字馬融論語注云顚沛偃仆也躓或借疐爲之詩豳風狼跋其胡載疐其尾毛傳云疐跲也與說文躓訓跲合亦偃仆之意然說文蹷下云僵也一曰跳也跳下云蹷也一曰躍也廣雅釋詁亦云蹶跳也當以跳義爲長禮記曲禮足毋蹶鄭注云蹶行遽貌越語云蹶而趨之惟恐弗及呂氏春秋貴

直篇云狐援聞而蹶往過之一言蹶而趨一言蹶而往過皆不見有偃仆之義非跳而何趨謂疾行跳則行且躍較趨爲尤疾趨與蹶作氣使然氣勝者心無不動矣

桑土

詩云徹彼桑土趙注云桑土桑根也訓與毛傳合疏不得其義乃云取桑根之皮土勲按土爲杜之省文借字據毛詩釋文土韓詩作杜義同方言卷三荄杜根也東齊謂根曰杜郭注引詩亦作桑杜又詩緜篇自土沮漆漢書地理志作自杜長發相土荀子解蔽篇作乘杜皆可互證爾雅釋木以杜爲甘棠此杜之本義引伸其義亦可訓根如廣雅釋木杜根也正與毛傳合

有大焉

大舜有大焉集注云言舜之所爲又有大於禹與子路者勳按此經朱子補出又字文義始明竊謂有卽又之借字古書借有爲又者極多不勝枚舉大舜有大焉謂舜之善量又大於禹與子路也讀有爲又文義自通

如就見

公孫丑寡人如就見者也趙注云若言就孟子之館相見也有惡寒之病不可見風勳按趙注以若言釋如字合下二句作一氣讀然玩本句者也語意不與下二句緊連蓋如字有本義有引伸之義如訓若爲本義引伸其義凡云相若者亦謂之相當如宋策夫宋之不足如梁也注正訓如爲當此經寡人如就見者也猶云寡人當就見者也齊王此言甚得體本欲托疾而先言當就

見語頗婉然

夫既或治之

夫既或治之趙注云夫人既自謂有治行事我將復何言哉勳按趙注訓夫爲夫人訓或爲有當云彼既有人治事而復補出自謂二字者以此治事專指王驩本身也不知古人文義最顯白無待斡旋或當讀爲咸如易咸或承之羞鄭本或作咸家語正論不爲末或曰義注云或左傳作咸皆是夫既或治之卽夫既咸治之咸與皆同義蓋王驩以行事自專幷無一事商於孟子故孟子云彼既皆治之予復何言江晉三先生云此條甚精愚更謂夫非虛字卽指王驩左傳夫不惡女乎夫字指大子痤也言王驩已皆治矣予何言哉

且比化者

且比化者無使土親膚集注云比猶爲也勲按比有周義漢書董賢傳集注云比謂比周王尊傳集注云比周也據檀弓棺周於衣椁周於棺卽所以比化者但恐周之不厚則棺椁先膚而化土必親膚故復云無使土親膚

絕長補短

滕文公今滕絕長補短將五十里也集注云絕猶截也勲按說文截斷也絕斷絲也二字音義並同故彼此通用如釋名釋言語云絕截也如割截也穆天子傳一天子北征乃絕漳水注云絕猶截皆可證集注之精截長補短卽割角成方借東湊西之法有半縱乘廣者如截

半縱中分爲二倒而補下兩邊便成方形是也有半廣乘縱者如截西北角以補東南角亦成方形是也有半勾乘股者如截東北勾倒上以補東南是也有半股乘勾者如截東南股尖一半倒下以補西北是也又有梯形折廣斜形折廣諸法形雖委曲皆可算折爲方

可謂曰知

百官族人可謂曰知趙注可字無訓集注云可謂曰知疑有闕誤或曰皆謂世子之知禮也勲按此經無闕誤或說得之可有合義如荀子解蔽篇則不可道而可非道注云可謂合意也正名篇故可道而從之注云可道合道也可謂曰知卽合謂曰知也上經云父兄百官皆不欲此經云可謂曰知猶云皆謂曰知明矣至僞疏於

可謂曰知上加乃曰二字謂百官族人皆以為知禮能
行三年之喪乃曰可謂曰知更屬添設

必慢其經界

暴君汙吏必慢其經界趙注慢字無訓集注云暴君汙吏則必欲慢而廢之也勲按朱子因慢字衍出廢字文義方明竊謂慢其經界即敗其經界也如方言十二及廣雅釋詁三皆訓慢為敗可證必敗其經界者暴君因此侵奪鄰國汙吏因此侵占鄰邑也

將為君子將為野人

夫滕壤地褊小將為君子焉將為野人焉趙注云為有也雖小國亦有君子亦有野人勲按為與有古通用如梁惠王篇善推其所為而已矣說苑貴德篇作有滕

文公篇人之有道也有亦與為同猶言民之為道也他如憮然為間為閒不用為閒即有閒皆可類推為有二字同屬喉音喻母故有多轉為為趙氏知語音流變之由即以有釋為而經旨已得爾雅方言皆訓將為大亦此經確詁言滕雖小大有君子焉大有小人焉得其字義不必曲折斡旋自然顯白

二十五畝

餘夫二十五畝趙注云餘夫者一家一人受田其餘老少尚有餘力者受二十五畝半於圭田謂之餘夫也集注引程子之說云一夫上父母下妻子以五口八口為率受田百畝如有弟是餘夫也年十六別受田二十五畝俟其壯而有室然後更受百畝之田勲按餘夫不止

弟有子亦號餘夫但子與弟必待年二十以後始受二十五畝之田據詩載芟侯彊侯以周禮遂人以彊予任甿皆謂民有餘力爲彊卽餘夫也曲禮二十曰弱冠則知人自二十以前皆弱而未彊血氣堅剛多成於二十以後後鄭載師注引食貨志云農民戶一人已受田其家衆男爲餘夫亦以口受田如比賈氏疏云案孟子云圭田五十畝餘夫二十五畝彼餘夫與正夫不同者彼餘夫是年二十九以下未有妻受口田故二十五畝若三十有妻則受夫田百畝陳氏禮書以爲附會之論非也自年二十一歲以後二十九歲以前統稱餘夫皆受田二十五畝及三十壯而有室則其父田已歸公矣古人三十而娶卽早生子子年三十父年必六十無有田

不歸公者是受百畝田父母從此就養合己與妻爲四人又或有幼弟未受餘夫田者大約爲五口之家何休注公羊宣十五年傳云多於五口名曰餘夫又似不論年長年少凡有多於五口者卽名餘夫卽受田二十五畝亦無是理且五口外皆餘夫則是家盡限以五口孟子何以言八口之家乎近儒姚氏鼐說周禮大司馬職上地食者三之二中地食者半下地食者三之一云周時小司徒考夫屋出地貢者三三相任故令賦必以三夫起算凡夫受田百畝百畝之田率扶五人治之合三夫爲屋當用十有五人上地地美雖有餘夫而畝弗增所入足食七人或八人當十五人之半下地之農餘夫益少地彌薄足食五人或六人是三家之一之人也故

餘夫二十五畝爲下地計也勲謂此說未精三等地皆別有餘夫之田如周禮遂人職上地田百畝萊五十畝餘夫亦如之中地田百畝萊百畝餘夫亦如之下地田百畝萊二百畝餘夫亦如之據三等地皆於正夫受田後別言餘夫受田之法則知餘夫有田無分於三等地但二十五畝外仍有萊田耳至趙注云老少尚有餘力者受田二十五畝此又兼以老者爲餘夫蓋餘夫中亦有老者彼自有室以後至老無子女仍是號爲餘夫仍是限以田二十五畝故趙注兼以老者爲餘夫注又云半於圭田止言畝數如此非謂二十五畝即名圭田也乃邵武僞疏云其餘老少尚有餘力者亦受此圭田二十五畝則甚誤矣

衣褐

許子衣褐趙注云以毳爲之若今馬衣也或曰褐枲衣也一曰粗布衣也疏云許子不自紡織其布爲衣以其卽著枲布也勲按趙注謂褐以毳織之故褐寛博集注亦訓褐爲毛布褐與毼通廣韵毼毛布也廣雅毼罽也罽者織毛爲衣也後漢烏桓傳云婦人能織氀毼皆非孟子之義也蓋毛布亦褐之一義豳風七月詩無衣無褐鄭箋釋褐爲毛布彼以褐對衣言確指毛布此經當依疏說專指枲衣爲是說文云褐編枲韤一曰粗衣此取未績之麻編之爲足衣一曰粗衣者引伸之義言凡粗衣皆可編麻爲之不止一韤也如史記秦始皇紀寒者利裋褐索隱云褐編衣也漢書貨殖傳短褐不完師

古亦訓褐爲編枲衣皆與說文合據此知許子衣褐確是編枲爲粗衣陳相正以衣褐諱過織字謂許子不必織麻爲衣不過編枲爲衣而已若云織毛爲布仍是必織布而後衣顯與經旨不合至於冠必用細布不可編枲爲之又不可以自織故曰以粟易之

敷治

舉舜而敷治焉趙注云敷治也書曰禹敷土是言治其土也勲按如趙注訓敷爲治是敷治爲複語蓋敷爲傅之借字如禹貢禹敷土史記夏本紀敷作傅此二字通用之證說文訓傅爲相左傳僖二十八年鄭伯傅王注亦云傅相也當日主治在堯故使舜言敷治猶言相治云爾

其無罰

滕文公后來其無罰與梁惠篇言后來其蘇互異王氏鳴盛尙書後案云其蘇無罰互異乃古人引經不拘處猶上文易一爲始易始爲載耳勲按易一爲始易始爲載字異而義同此易蘇爲無罰亦文異而義同說文罰辠之小者此本義如此引伸其義殺亦謂之罰如廣雅釋詁一訓罰爲殺殺與生正相反蘇者生也言無罰則亦生矣蘇與無罰義實相成

往將食之

滕文公匍匐往將食之趙注將字無訓勲按荀子成相篇吏謹將之無鈹滑注云將持也往將食之卽往持食之若作將然之詞與下句文義不合

辟纑

妻辟纑趙注云緝績其麻曰辟練其麻曰纑故曰辟纑

疏云釋名云辟分辟也纑布纑也勳按辟與西京賦擘肌分理之擘同擘亦分也廣雅釋言訓擘爲剖卽其義謂擘麻皮爲絲也喪大記絞一幅爲三不辟孔疏云不辟者辟擘也此亦假辟爲擘又如詩栢舟寤辟有摽釋文云辟本作擘內則麕爲辟雞鄭卽擘雞皆辟擘通用之證說文訓擘爲撝卽分裂之義擘从手故謂手大指爲巨擘以手大指獨開不與餘四指連合故也說文纑布縷也言布縷以別乎絲縷趙注謂湅其麻曰纑者以縷有湅者有不湅者若斬衰齊衰大功小功之縷皆不湅緦衰之縷則湅之若吉服之縷無不湅者不湅者謂之纑說文纑未湅治纑也統呼曰縷

蓋祿萬鍾

兄戴蓋祿萬鍾趙注云兄名戴爲齊卿食采於蓋祿萬鍾勳按左傳昭三年齊舊四量豆區釜鍾四升爲豆各自其四以登於釜釜十則鍾是鍾容六斛四斗祿至萬鍾亦云多矣據史記河渠書韓使水工鄭國閒說秦令鑿涇水爲渠渠就用注塡閼之水溉澤鹵之地四萬餘頃收皆畝一鍾鄭氏箋甫田歲取十千云歲取十千於井田之法則一成之數也通十爲成成方十里成稅百夫其田萬畝上地穀畝一鍾是鄭箋與河渠書合漢書食貨志云一夫於田百畝歲取畝一石半爲粟百五十石歲有上中下上孰其收自四中孰自三下孰自倍卽

以中孰自三計之百畝收粟四百五十石粟百五十石得二百斛四百五十石得六百斛四萬五千石得六萬斛約萬鍾矣然一成九萬畝之田三分去一餘六萬畝又二而當一僅得三萬畝準以九一之法畝收一鍾實得三千三百鍾又三分鍾之一何以言十千言十千者一縣之田耳先王之制外諸侯公之孤食都公侯伯之卿食縣下大夫食甸齊爲侯國卿當食縣縣合四甸即四成之地汪君手存從余說而申之云甸與成二法原相通澤疑沿邊治溝洫之夫不出賦未必不出稅也出賦當計甸制祿當計成縣之所收除王食四之一仍餘三成恰得萬鍾之數勲又按左傳襄二十七年公與免餘邑六十辭曰惟卿備百邑方里爲井四井爲邑方二

里百邑即方二十里之縣亦合得祿萬鍾杜注以爲此一乘之邑非四井之邑未確若晉語叔向言大國之卿一旅之田此主一甸之不易者言非異制也至七國時與春秋不同孟子曰辭十萬而受萬是其爲卿於齊嘗受祿十萬鍾卿得受祿十萬鍾者以七國之君地方千里妄自稱王乃有千乘之家是上卿田祿擬天子三公古制內諸侯三公之公田有四都自公而下雖孤亦止一都之田其祿不足二萬鍾齊卿之祿十萬鍾約計四都之地乃有此數而萬鍾乃下大夫之祿也卿祿既擬王朝之公下大夫亦擬王朝之大夫當時萬鍾不爲重祿故齊宣王養孟子弟子即以萬鍾許之非謂卿祿止此數也

四書拾義卷四終

四書拾義卷四終

績溪胡紹勳學

孟子

慈孫

離婁雖孝子慈孫慈亦孝也孝經若夫慈愛恭敬正義云或曰慈者接下之別名愛者奉上之通稱劉炫引禮記內則說子事父母慈以甘旨喪服四制云高宗慈良於喪莊子曰事親則孝慈此並施於事上如劉炫此言則知慈是愛親也勳按禮記曲禮不勝喪乃比於不慈不孝禮運禮行於祖廟而孝慈服焉孫之愛祖稱孝亦稱慈猶子之愛親稱孝亦稱慈也慈孫猶孝孫

不虞之譽

有不虞之譽趙注云虞度也勳按左傳桓十一年且曰虞四邑之至也昭六年始吾有虞於子杜注皆訓虞爲度又廣雅釋詁虞望也左傳昭二十六年藪之薪蒸虞候守之正義云立官使之候望故以候望爲名此經不虞之譽訓爲不望之譽尤切

又何難焉

於禽獸又何難焉趙注云無異於禽獸又何足難矣疏云既爲禽獸於我又何足責難焉勳按此訓難爲難易之難不合經旨難即患也王氏經義述聞云於禽獸又何難焉言於禽獸又何患也故其下文云無一朝之患也

于父母

萬章號泣于旻天于父母劉向列女傳母儀傳引作號泣日呼旻天呼父母王氏經義述聞云列子周穆王篇王乃歎曰於乎釋文音嗚呼是其例也史記屈原傳人窮則反本故勞苦倦極未嘗不呼天也疾痛慘怛未嘗不呼父母也文義與此相近不然則舜往于田時不在父母之側何得曰于父母乎趙注不讀于爲呼失之歟按說文亏於也象气之舒亏語之餘也義本相近于乎之通用者如易需象傳位乎天位石經作位于莊子人閒世篇且幾有剪乎釋文云乎崔本作于列子黃帝篇鄙至此乎釋文云乎本又作于是也乎與呼通抑篇於乎小子以乎爲呼可證

于予治

惟茲臣庶汝其于予治趙注云惟念此臣衆汝故助我治事勳按趙氏訓于爲助甚合古義于於二字經傳通用爾雅釋詁於代也于予治謂代予治也

殺三苗

殺三苗于三危非殺其君也據文十八年左傳流四凶族劉向云舜有四放之罰皆言流言放而不言殺故知殺三苗亦流放之謂虞書作竄說文作𥨍考古音殺聲竄聲𥨍聲同部昭元年左傳周公殺管叔而蔡蔡叔杜注云蔡放也釋文云上蔡字音素葛反放也說文作䊛音同蔡从祭聲史記引尚書作遷遷聲與祭聲爲通韵皆可互借說文訓𥨍爲塞𡫳者使之不通於中國又說文訓䊛爲糂䊛齊民要術凡云䊛米皆作殺米殺又䊛

之借字也汪君手存云竊疑孟子書本作粲書之者脫米誤作殺爾說文粲散之也作粲正合尚書分北三苗之義凡物自匿曰竄納而塞之曰竅然物之自匿必有迫之使不得不匿者安知尚書竄非古文竅義之假借字乎安知孟子殺非今文粲字之誤脫去米字乎近人攻僞古文尚書凡與史記說文異者必盡改從史記說文然古文尚書雖僞究未必無一眞字也卽衛包疑亦未能盡改

孑遺

周餘黎民靡有孑遺趙注云民無孑然遺脫不遭旱災者非無民也勳按毛傳云孑然遺失正義云旣言有餘則是有民存矣而復言靡有孑遺無有孑遺乃是悉盡

之言故知無有孑遺謂餓病也其意言死者已死存者又餓無有孑然不餓病者非謂盡死無孑然也勳謂毛傳趙注之說皆與詩辭不合孟子明言信斯言也是周無遺民也則靡有孑遺卽謂無遺民甚顯白據方言二及廣雅釋詁三皆訓孑爲餘靡有孑遺正謂周之黎民皆餓死而無餘也若云非謂盡死無孑然乃孟子以意逆志則可爾不得據此以釋詩辭

主祭主事

使之主祭而百神享之是天受之使之主事而事治百姓安之是民受之也疏云書云納于大麓是堯薦舜於天也烈風雷雨弗迷是天受之也所謂百神享之亦可知也愼徽五典納于百揆是暴之於民也五典克從百

揆時叙是民受之也所謂百姓安之亦可知也曰黎民於變時雍是也勲按此經專指舜攝政而言主祭攝祭也主事攝事也舜典正月上日受終于文祖受終者堯於是終帝位之事而舜受之即攝位時也主祭如類上帝禋六宗望山川徧羣神皆是主事如巡狩朝覲封山濬川以及制典刑用流放皆是自月正元日舜格于文祖一節以下舜已即位矣故祖考來格亦足驗百神之享此特爲天子時也五典克從亦足驗百姓之安此特爲司徒時也事非其時不得牽合

微服

微服而過宋趙注云變更微服而過宋勲按變更微服非聖人所爲且桓司馬素識孔子雖變更微服亦安必不遭其害竊謂微服即微行說文彳部云微隱行也此

云微服服亦訓行也尙書盤庚先王有服康誥子弗祗服厥父事孔傳皆訓服爲行文十八年左傳服讒蒐慝注亦云服行也蓋孔子過宋恐桓魋害己故微行而過之豈變服乎長洲縣陳碩甫先生爲勲得一證云詩七月遵彼微行傳曰微行牆下徑也微服正與此微行同意孔子從小路過宋不由大道也勲按廣雅釋詁二以小釋微足證微行確是小路從小路亦隱行之一義其說極精

頑夫

頑夫廉趙注云頑貪之夫更思廉潔勲按盡心下聖人百世之師章注亦訓頑爲貪據韓詩外傳漢書王貢傳

序後漢王吉傳王暢傳袁宏漢紀晉書羊祜傳北史鄭述祖傳藝文類聚長短經引頑夫並作貪夫南史稱任昉能使貪夫不取與懦夫有立志對文亦本孟子語說文頑訓梱頭與貪義絕異竊謂頑當讀爲忨說文心部云忨貪也忨爲本字頑爲同聲借字諸書引頑夫作貪夫以其字頑而義忨故以貪字代之猶韓詩外傳引薄夫敦作薄夫厚以其字敦而義惇故以厚字代之此經趙氏知頑爲忨之借字因以貪釋頑確不可易

市井

在國曰市井之臣趙注云市井謂都邑也民會於市故曰市井之臣勳按漢書貨殖傳引管子商相與語財利於市井師古曰凡言市井者市爲交易之處井爲共汲

之所故總而言之也蓋市爲都邑之市孟子言在國即可該都邑不必專指國中市中有井便於取水易曰改邑不改井謂市井也在野亦閒有井而無井之地居多以田閒處處有水道不若市中之必不可無井也

多賴

告子富歲子弟多賴趙注云賴善也集注云賴藉也豐年衣食饒足故有所賴藉而爲善勳按集注訓賴爲藉多一曲折不若趙注訓賴爲善之精賴與暴對暴爲惡即賴爲善也據國策衞策云爲魏則善爲秦則不賴矣不賴即不善廣雅釋詁一亦訓賴爲善皆與趙注合

志於彀

羿之教人射必志於彀趙注云彀張弩付的者用思專

時也勲按趙氏注羿不爲拙射變其彀率云彀弩張嚮表率之正體望之極思用巧之時不可變也據兩注一言用思一言用巧此射之所以爲善也謂彀爲張弩者義同說文文選射雉賦捧黃閒以密彀亦言張弩此本義也張弓亦稱彀此引伸之義也不云必於彀而云必志於彀正見極思用巧務期其中然後即安若謂張弓以滿爲限猶是專以力言之爾雅釋詁云彀善也射之善在巧而不徒在力

堯之服

子服堯之服趙注云堯服衣服不踰禮也勲按孝經言卿大夫之孝曰非先王之法服不敢服非先王之法言不敢道非先王之德行不敢行亦先叙服而後叙言行都人士詩狐裘黃黃兼及出言有章行歸於周此皆言行與服並論然謂堯服爲法服則可謂桀服皆非法服恐未必然桀言非仁義之言桀行非仁義之行至桀服不聞其譎詭趙注云桀服譎詭非常之服亦臆斷爾竊謂服當訓事詩關雎寤寐思服六月共武之服下武昭哉嗣服板我言維服噫嘻亦服爾耕鄭箋皆訓服爲事本爾雅釋詁又楚辭天問舜服厥弟注亦以爲舜事厥弟然則服堯之服者事堯之事也服桀之服者事桀之事也事堯事則爲堯事桀事則爲桀方與言行二句一例中庸言前定事前定行前定事與言行二者並舉正與此經同

摟諸侯

五霸者摟諸侯以伐諸侯者也趙注云五霸强摟牽諸侯以伐諸侯㬎按踰東家牆而摟其處子注亦訓摟爲牽據說文手部摟曳聚也詩山有樞弗曳弗婁毛傳云婁亦曳也趙注以牽釋摟亦曳義之引伸也許氏又訓摟爲聚本爾雅釋詁釋詁云摟聚也孟子摟諸侯與摟處子字同而義異摟處子當訓牽摟諸侯當訓聚聚猶會也聚諸侯以伐諸侯猶言會諸侯以伐諸侯也

不亮

君子不亮惡乎執趙注云亮信也疏云言亮而不言信者蓋亮之爲義其體在信其用在明君子之道惟明爲能明善在信爲能誠身不明乎善不能誠其身矣是則君子不亮又惡乎執與以其誠也者擇善而固執之者也㬎按今本說文無亮字傳注多訓亮爲明如後漢蘇竟傳注及文選稽叔夜雜詩皎皎亮月注並云亮明也文選謝靈運初發石首城詩寸心若不亮注云亮猶明也據吳志吳子亮字子明蜀志諸葛亮字孔明則亮之訓明爲本義爾雅釋詁訓亮爲信者亮爲諒之借字也又有借諒爲亮者如方言訓諒爲知廣雅釋詁三訓諒爲智是也蓋經籍亮諒本通用如書說命王宅憂亮陰詩柏舟不亮人只釋文並云亮本作諒可證邵武僞疏未審假借之義乃云亮之爲義其體在信其用在明直欲幷亮諒二字爲一字不知亮字本義可訓明不可訓信其訓信者皆諒之借字疏說不可從

拂士

入則無法家拂士趙注云無法度大臣之家輔弼之士勳按經言拂注言弼蓋以拂爲弼之借字也說文訓拂爲過擊弼作弻輔也又解費字云弻或如此是費卽弻之或體字惟其从弗作費故又通作拂拂亦弼之借字也如管子四稱篇近君爲拂違君爲輔拂與輔並列非弼而何荀子臣道篇功伐足以成國之大利謂之拂注云拂讀爲弼可證拂亦通作佛如周頌敬之詩佛時仔肩鄭箋訓佛爲輔又或借彌爲拂如漢書刑法志君臣故彌兹謂悖注云彌猶相戾也是謂彌爲拂之借字蓋拂爲輕脣音弼爲重脣音古人輕重脣音不甚區別故弼與拂多以聲近通用

欿然

盡心如其自視欿然趙注云言人旣自有家復益以韓魏百乘之家其富貴已美矣而其人欿然不足自知仁義之道不足也勳按孟子音義云欿然張音坎字林云欲得也今詳此義內顧不足而有所缺然也據音義所引字林之說與說文合廣雅釋詁一亦訓欿爲欲釋詁三訓欿爲貪貪亦欲也欿之本義止此張鎰訓爲內顧不足而有所欲言有所欲復以內顧不足增成其義失之矣趙注專訓欿然爲不足者蓋以欿爲坎之借字讀欿爲坎故言不足也坎欿經籍通用如易坎京劉本作欿詩伐檀坎坎伐輪兮石經魯詩作欿欿左傳襄二十六年欿用牲欿皆坎之借字也易說卦傳釋坎爲陷有缺陷之義自視欿然者處盈若虛不自滿假之謂也

所存者神

夫君子所過者化所存者神趙注云聖人如天過此世能化之存在此國其化如神勳按趙注以在釋存據爾雅釋訓存存在也注云存卽在公羊隱三年傳有天子存注孟子離婁下以其存心也注告子上雖存乎人者注荀子非十二子使天下混然不知是非治亂之所存者有人矣注呂覽應同召寇則無以存矣注皆訓存爲在所存卽所在也神與化對文化主所過之地言神亦主所在之地言爾雅釋詁云神治也所存者神謂所在之地無不治也趙云其化如神猶是比擬之辭而非神之本義

易其介

柳下惠不以三公易其介趙注云介大也柳下惠執宏大之志不恥汙君不以三公榮位易其大量也勳按訓介爲大本爾雅釋詁然云不以三公易其大不知其大謂何必待注者補出量字然後可讀恐非經旨據音義陸云介謂特立之行文選注引劉熙注云介操也操卽特立之意楚辭悲回風介眇志之所惑兮注訓介爲節義亦與劉注同書秦誓如有一介臣疏云一介謂一心耿介漢書陳湯傳使百姓介然有秦民之恨注云介猶耿耿不易其介者謂不易其耿介之節操也集注以爲有分辨之意當讀與界同

人莫大焉

人莫大焉亡親戚君臣上下翟氏灝攷異云王氏翼注

云此作一句讀言人之罪莫大於亡親戚君臣上下者勳按王氏以於釋焉據公羊隱二年傳託始焉爾注云焉爾猶於是也宣六年傳則無人閨焉者注云焉者於也江晉三先生云焉字篆文類烏於古文烏字因於而轉爲烏因烏而轉爲焉皆傳寫之訛也

二女果

被袗衣鼓琴二女果趙注云果侍也以堯二女自侍勳按果當讀爲婐故趙注以侍釋之說文婐妮也一曰女侍曰婐引孟子二女婐爲證是許氏所據古本孟子作婐與趙氏注本作果者不同趙氏亦知果即婐之省文借字因主婐字立訓疏未達其旨專向果字推求反謂趙氏惑於許愼之說非也

不理於口

貉稽曰稽大不理於口趙注云理賴也謂孟子曰稽大不賴人之口疏云稽大不能治人之口使不訕其己者勳按疏不得注義廣雅釋詁三訓理爲治與說文治玉之訓合疏說本此而非注義也注訓理爲賴者理當讀爲俚廣雅釋言云俚賴也漢書季布欒布田叔傳贊集注引蘇林亦訓爲賴古字理俚通用如莊子盜跖篇勝子不自理釋文云理本作俚可證趙氏謂理爲俚之借字故訓爲賴然理讀如字亦有可通之義如說文解順爲理廣雅釋詁一解理爲順不理於口謂不順於人之口即所謂橫逆也

山徑

山徑之蹊閒趙注云山徑山之領勳按領即嶺也如漢書嚴助傳輿而踰領嶺亦作領徑當讀爲陘陘爲本字徑爲借字猶左傳僖二十五年趙衰以壺飧從徑借徑爲經釋文云一讀徑爲經是也廣雅陘阪也山之陂陀不平者爲阪爾雅陂者曰阪是也又連山中斷亦爲陘爾雅山絕陘邢疏云謂山形連延中忽斷絕者名陘是也山嶺山絕皆有蹊可兼兩義

一閒耳

然則非自殺之也一閒耳趙注云一閒者我往彼來閒一人耳勳按經無人字注以人字增成其義如此當云閒一不當云一閒既云一閒而訓爲一人之閒究與經文詞例不符蓋自殺對代殺言閒者代也爾雅釋詁訓

閒爲代詩桓皇以閒之傳儀禮燕禮乃閒歌魚麗注周語新不閒舊注竝同此經謂父兄非自殺人之殺我父兄者特爲我一代耳

復爲發棠

國人皆以夫子將復爲發棠趙注云孟子嘗勸齊王發棠邑之倉以賑貧窮時人賴之今齊人復饑陳臻言一國之人皆以爲夫子將復若發棠時勸王也勳按經言復爲發棠注言復若發棠若與爲義不相蒙其說非也爲當訓使如易井爲我心惻注魯語其爲後世昭前之令聞也注竝云爲猶使也又晉語爲後世之見之也注徑以使釋爲尤其明證將復爲發棠者謂將復使齊王發棠邑之粟也僞疏不明爲字之義乃云將復發棠邑

之粟直視爲字爲贅文而删之要不可解

同人校定本幹事李子厚不交出張范卿又不肯更將書借校多方訪求於松坡圖書館借得原刻本由紹興周肇祥另校修正並補刻序跋凡例以彌缺略

北京古學院識

四書拾義卷五終

北京古學院藏

紹興周肇祥見校修正並補刻序跋凡四以補缺略

將書借校多方訪求孫松坡圖書館借得原刻本由

同人校定本幹事李于厚本交出孫范卿又不肯更

八寒近風俗中爲贊文而書之決不可解

跋

右四書拾義五卷吾師績溪胡文甫先生所著也師清貧力學善治經平日雅服王石臞段若膺諸先生之學以其遺意讀秦漢以上諸古書紛紜轇轕豁然確斯鐩及弟鏈從學有年課以舉子業兼示讀書當從聲音故訓始以爲讀書不通聲音故訓比之瞽者議色聾者論聲終無當焉竊思四子書爲六經管鑰學者未讀六經先讀四子書然微詞古義先儒或有未詳吾師心苦分明所至冰釋發疑正讀本漢經師箸有四書拾義疑義及論語孟子學庸文字箋異等書其于羣經則有周易春秋諸文字箋異凡三四十册自謂尙須刪訂不欲輕出問世鐩曩時曾錄拾義二册藏諸篋笥五六年于茲矣今春偕弟鏈敬請于師釐爲五卷先繕寫付梓弁述師所以爲學與所以爲教者于簡末若是書精深奧衍海內讀者自知之無俟門弟子覶縷也時道光甲午年仲夏初吉受業門人歙汪運鐩敬跋

後記

《敬躋堂經解》，由北京古學院編，共收入四種清朝名儒的解經著作。

一九三七年郭則沄於北海團城創辦古學院，而敬躋堂爲團城北緣環列的廊屋之一，故古學院編選解經著作命名爲《敬躋堂經解》。《敬躋堂經解》所收四書如下：徐璈撰《詩經廣詁》，不分卷，宋世犖撰《周禮故書疏證》六卷，宋世犖撰《儀禮古今文疏證》二卷，胡紹勛撰《四書拾義》五卷，所選均爲清人著作。

《敬躋堂經解》由古學院選編，并於一九四一年刊刻付梓。每書前後或叙或跋介紹編選過程。此書每半葉十二行，行二十二字，小字雙行，白口，左右雙邊，單魚尾。《敬躋堂經解》雕版刻成後藏於古學院。

古學院《敬躋堂經解》雕版歷經輾轉爲中國書店收藏。爲傳承中華文化，滿足讀者需求，中國書店據當年古學院雕版重新刷印此書。因雕版年代久遠，略有散佚。爲方便讀者閱讀，中國書店出版社將散佚的書頁以同版書影印補齊，以求完帙。

中國書店出版社

辛卯年春月

Ⅰ.①敬…　Ⅱ.①北…　Ⅲ.①经学—研究—中国
Ⅳ.①Z126

中国版本图书馆CIP数据核字（2011）第030291号

ISBN 978-7-5149-0016-3

9 787514 900163 >

中國書店藏版古籍叢刊

敬躋堂經解

一函十二册

作者　北京古學院　編
出版發行　中國書店
地址　北京市琉璃廠東街一一五號
郵編　一〇〇〇五〇
印刷　北京華藝齋古籍印務有限責任公司
版次　二〇一一年六月
書號　ISBN 978-7-5419-0016-3
定價　二八五〇元